古典詩歌研究彙刊

第二三輯

龔鵬程 主編

第 13 冊

中國詩歌形式研究
——以長短句節奏格律為中心（第三冊）

柯繼紅 著

國家圖書館出版品預行編目資料

中國詩歌形式研究——以長短句節奏格律為中心（第三冊）
／柯繼紅 著 — 初版 — 新北市：花木蘭文化事業有限公司，
2018〔民 107〕
目 4+162 面；17×24 公分
（古典詩歌研究彙刊 第二三輯；第 13 冊）
ISBN 978-986-485-290-1（精裝）
1. 中國詩 2. 詩評
820.91 107001416

ISBN-978-986-485-290-1

古典詩歌研究彙刊
第二三輯 第十三冊 ISBN：978-986-485-290-1

中國詩歌形式研究——以長短句節奏格律為中心（第三冊）

作　　者 柯繼紅
主　　編 龔鵬程
總 編 輯 杜潔祥
副總編輯 楊嘉樂
編　　輯 許郁翎、王筑 美術編輯 陳逸婷
出　　版 花木蘭文化事業有限公司
發 行 人 高小娟
聯絡地址 235 新北市中和區中安街七二號十三樓
電話：02-2923-1455／傳真：02-2923-1452
網　　址 http://www.huamulan.tw 信箱 hml 810518@gmail.com
印　　刷 普羅文化出版廣告事業
初　　版 2018 年 3 月
全書字數 449398 字
定　　價 第二三輯共 14 冊（精裝） 新台幣 22,000 元

中國詩歌形式研究

——以長短句節奏格律為中心（第三冊）

柯繼紅　著

目次

第一冊

第二冊

第七章　句式組合的泛化與詞體構成

詞體構成是一個很大的課題，一些詞體的宏觀構成與句式組合原則有特殊聯繫，某些句式組合原則可能會越出詞體句式與句式進行組合的範圍，而對詞體韻段之間的組合關係也產生相似的約束作用，本章將這種情況稱爲句式組合原則的泛化。本章主要研究幾類句式組合原則的泛化以及它們與詞體構成的具體關係。

第一節　論疊配原則的泛化與齊言詞

「疊配原則」是句式組合的基本原則之一。實際上，「疊配原則」不僅僅是句式組合原則，而且是也可以詩體構成原則，如所有齊言詩都是遵循「疊配原則」形成詩體的。這種情況也發生在詞體中。「疊配原則」不僅在詞體的句式組合層面發生作用，而且其作用能擴大到整個詞體的宏觀構成層面。我們將「疊配原則」作用範圍擴大到詩體宏觀層面的現象稱爲「疊配原則」泛化。本章研究疊配原則泛化在詞體構成中的表現。

一、詞體中「疊配原則」泛化的表現

「疊配原則」在詞體中的泛化有三個表現，一是出現少量齊言詞，二是出現大量類齊言詞，三是出現「片齊言」現象。

1、出現齊言詞

詞雖名爲長短句，但仍有一部份詞選擇齊言形式，我們稱之爲齊言詞。據《百體句系》，常用百體中共出現齊言詞 6 體，其中 5 體七言詞、1 體五言詞，它們分別是《浣溪沙》《玉樓春》《瑞鷓鴣》《楊柳枝》《水鼓子》《生查子》。其句系構成分別如下：

表 7－1　常用百體中齊言詞句系構成

	齊言詞	句系	句式類型
1.	浣溪沙	▲7－7－7∣77－7	七言
2.	玉樓春	定 7－7－77∣重	七言
3.	楊柳枝	定 7－7－77	七言
4.	瑞鷓鴣	定 77－77∣77－77	七言
5.	水鼓子	定 7－7－77	七言
6.	生查子	定 55－55∣重	五言

這些齊言詞有三個共同的特點：

（1）小令；

（2）除《楊柳枝》、《水鼓子》外均爲雙調；

（3）句式採五、七言，形同唐詩。

2、出現大量類齊言詞

所謂類齊言詞，就是以齊言爲主，摻入少量其他雜言句式的詞體。類齊言詞比齊言詞普遍得多，詞體中出現了大量的類齊言詞。

據《百體句系》，常用百體即出現典型類齊言詞 14 體，分別是：鷓鴣天、十二時、漁父、五更轉、搗練子、踏莎行、漁家傲、憶王孫、定風波、天仙子、菩薩蠻、卜算子、南歌子、西江月。其句系構成如下：

表 7－2　常用百體中類齊言詞句系構成

	類齊言詞	句系	主體句式	輔助句式（類型）
1.	鷓鴣天	定 7－7－77∣33－7－77	7	33（替換型）
2.	十二時	★33－7－77∣77－77	7	33（替換型）
3.	漁父	定 7－7－33－7	7	33（替換型）
4.	五更轉	★33－7－77	7	33（替換型）
5.	搗練子	定 33－7－77	7	33（替換型）
6.	踏莎行	定 44－7－77∣重	7	44（替換型）
7.	漁家傲	定 7－7－7－3－7∣重	7	3（添加型）
8.	憶王孫	定 7－7－7－3－7	7	3（添加型）
9.	天仙子	定 7－7－73－3－7	7	3（添加型）
10.	定風波	7－7－（7－2）－7∣（7－2）－7－（7－2）－7	7	2（添加型）
11.	菩薩蠻	（7－7）－（5－5）∣（5－5）－（5－5）	5	7（替換型）
12.	卜算子	定 55－75∣重	5	7（替換型）
13.	南歌子	定 55－5－53	5	3（添加型）
14.	西江月	定 66－7－（6）∣重	6	7（替換型）

從《類齊言詞句系構成》看，14 首類齊言詞體雖均爲小令，但類型相當多樣化。

從主體句式的句型角度看，類齊言詞有類七言詞、類五言詞、類六言詞三類，分別爲 10 體、3 體、1 體，類七言詞占絕大部份。

從輔助句式的摻入形式看，有替代型類齊言詞、添加型類齊言詞兩類。所謂替代型類齊言詞，就是詞體句系表現爲主體句式被少量輔助句式或組合所替代，所謂添加型類齊言詞，就是詞體句系表現爲主體齊言中雜入雜言。其中替代型 9 種，雜入型 5 種。替代型類齊言詞又包括 3－3 組合替代七言、4－4 組合替代七言、七言替代五言、七言替代六言等四類，分別爲 5 體、1 體、2 體、1 體。添加型類齊言詞又有七言添加三言、七言添加二言、五言添加三言等三類，各 3 體、1 體、1 體。顯然，替代型類齊言遠多於添加型類齊言，兩種類型中又均以三言替代和三言添加爲最多見。〔註 1〕

3、出現少量「片齊言」現象

所謂「片齊言」，就是詞體的上片或下片皆用齊言的現象。常用百體中出現 3 體「片齊言」現象，分別是《清平樂》《柳梢青》《人月圓》。

表 7－3　常用百體中片齊言詞句系構成

	「片齊言」詞	句系	類型
1.	清平樂	定 4－5－7－6 | 6－6－66	下片疊六言
2.	柳梢青	定 4－44－444 | 6－34－444	上片疊四言
3.	人月圓	定 75－444 | 444－444	下片疊四言

無論是「齊言詞」現象、「類齊言詞」現象，還是「片齊言」現象，都暗示了「疊配原則」對詞體句式組織的內在支配作用。雖然我們說，決定詞體句系構成的外部原因是音樂節奏，但是，我們絕不能否認詞體作爲誦讀詩歌其誦讀節奏對句系構成的潛在決定意義。從這個角度看，「疊配原則」泛化能夠創造一種相對和諧的誦讀節奏，它在詞體體式創造過程中的作用絕不亞於音樂節奏。

爲研究方便，我們從句式生成的角度，將「疊配原則」泛化形成的「齊言詞」和「類齊言詞」統稱爲「疊配詞」或「疊式詞」。「疊式詞」的形成既與外部音樂相關，又受「疊配原則」的內在制約。

〔註 1〕替代型類齊言詞與添加型類齊言詞只是就詞系的句式構成表現所作的分類，不關涉該詞體句系的具體生成過程。無論替代還是添加，都不確指該句式的具體生成方式，而主要是對該句式生成之後的外觀存在形式描述，當然，它映像了在宏觀詞體形式控制下的個別句式的內在生成機制。

二、從「疊配原則」泛化到「齊言詞」

「疊配原則」作爲總體控制原則，對「齊言詞體」的形成具有基礎作用。但是，從「疊配原則」到一首「齊言詞體」的生成，其間還要經過不少環節。一首齊言詞體的形成，往往還經歷了以下一些過程。

（一）別格律

我們知道，齊言五七言詩，在唐代已經形成了非常成熟的格律規律——黏對規律。而齊言五七言詞要區別於齊言詩，就必須打破黏對格律，形成了別具一格的新格律模式。

以百體 6 首齊言詞爲例。下面是常用百體 6 體齊言詞的正體。

浣溪沙　雙調四十二字，前段三句三平韻，後段三句兩平韻　韓偓

宿醉離愁慢髻鬟；六銖衣薄惹輕寒。慵紅悶翠掩青鸞。

羅襪況兼金菡萏，雪肌仍是玉琅玕。骨香腰細更沈檀

玉樓春　雙調五十六字，前後段各四句，三仄韻　顧敻

拂水雙飛來去燕。曲檻小屏山六扇。春愁凝思結眉心，綠綺懶調紅錦薦。

話別多情聲欲戰。玉箸痕留紅粉面。鎮長獨立到黃昏，卻怕良宵頻夢見。

瑞鷓鴣　雙調五十六字，前段四句三平韻，後段四句兩平韻　馮延巳

才罷嚴妝怨曉風。粉牆畫壁宋家東。蕙蘭有恨枝猶綠，桃李無言花自紅。

燕燕巢時羅幕卷，鶯鶯啼處鳳樓空。少年薄倖知何處，每夜歸來春夢中。

楊柳枝　單調二十八字，四句三平韻　溫庭筠

金縷毿毿碧瓦溝。六宮眉黛惹香愁。晚來更帶龍池雨，半拂闌干半入樓。

水鼓子　平起首句押韻七絕爲正體（見《全唐五代詞》頁 1123～1135）

朝廷賞罰不逡巡。宣事書家出閣頻。當日進黃聞數紙，即憑酬答有功人。

生查子　雙調四十字，前後段各四句，兩仄韻　韓偓
侍女動妝奩，故故驚人睡。那知本未眠，背面偷垂淚。
懶卸鳳頭釵，羞入鴛鴦被。時復見殘燈，和煙墜金穗。

從這些詞體的格律看，可以分爲兩類，一類仍爲律絕模式，如《水鼓子》《楊柳枝》《瑞鷓鴣》；一類則已打破律絕格律，如《浣溪沙》《玉樓春》《生查子》。

早期詞，顯然沒有擺脫律詩絕句的形式，如6體中的《水鼓子》《楊柳枝》《瑞鷓鴣》，以及大家熟知的《小秦王》，仍然採用律絕形式。

《楊柳枝》：《全唐五代詞》編入附編，錄135首；《全宋詞》錄15首，含《柳枝》2首；《全金元詞》錄含《添聲楊柳枝》在內17首。《詞律》列3體，《詞譜》分列《楊柳枝》1體《添聲楊柳枝》3體，《詞繫》列2體。《詞譜》載：

> 「楊柳枝　唐教坊曲名。按，白居易詩注：《楊柳枝》，洛下新聲，其詩云「聽取新翻楊柳枝」是也。薛能詩序：令部伎作楊柳枝健舞，復度新聲。其詩云「試踏吹聲作唱聲」是也。蓋樂府橫吹曲，有《折楊柳》名。此則借舊曲名，另創新聲。後遂入教坊耳。此本唐人七言絕句，與顧敻詞四十字體、朱敦儒詞四十四字體，添聲者不同。……按，劉白倡和以後，爲此詞者甚多，皆賦柳枝本意。原屬絕句，因《花間集》載此，故採以備調。（卷一）
>
> 「添聲楊柳枝　按《碧雞漫志》云，黃鍾商有《楊柳枝》曲，仍是七言四句詩，與劉、白及五代諸子所製並同，但每句下各添三字一句，乃唐時和聲，如《竹枝》、《漁父》，今皆有和聲也。舊詞多側字起頭，第三句亦復側字起，聲度差穩耳。今名《添聲楊柳枝》，歐陽修詞名《賀聖朝影》，賀鑄詞名《太平時》。《宋史・樂志》：《太平時》，小石調。」（卷三）

《詞譜》嚴分《楊柳枝》與《添聲楊柳枝》，並曰「採以備調」，實乃

有不得已之苦衷。從詞調角度看，固可不必分，從詞體角度看，以分爲宜。當代詞總集所錄，皆已不分。早期《楊柳枝》取絕句格律，從《楊柳枝》到《添聲楊柳枝》，可以看出詞體衍生時的複雜局面。

《水鼓子》：《詞律》《詞譜》《詞繫》皆不收。《全唐五代詞》編入附編，錄 39 首，皆律絕格式。

《瑞鷓鴣》：《全唐五代詞》無錄，《全宋詞》錄含《鷓鴣詞》《吹柳絮》《舞春風》在內計 64 首，《全金元詞》錄 56 首。《詞律》正編列 3 體拾遺列 1 體，《詞譜》列 6 體，《詞繫》於兩處分列 3 體與 2 體。《詞譜》目錄云：

> 此調與七言律詩同，而鷓鴣天亦近於七言詩，必皆從詩中變出。

《詞譜》載：

> 瑞鷓鴣六體又名舞春風、桃花落、鷓鴣詞、拾菜娘、天下樂、太平樂、五拍。……瑞鷓鴣　《宋史．樂志》：中呂調。元高拭詞注：仙呂調。《苕溪詞話》云：**唐初歌詞，多五言詩，或七言詩，今存者止《瑞鷓鴣》七言八句詩，猶依字易歌也。　按，《瑞鷓鴣》，原本七言律詩，因唐人歌之，遂成詞調**。馮延巳詞，名《舞春風》；陳彭年詞，名《桃花落》；尤袤詞，名《鷓鴣詞》；元丘長春詞，名《拾菜娘》；《樂府紀聞》，名《天下樂》；《梁溪漫錄》詞，有「行聽新聲太平樂」句，名《太平樂》，有「猶傳五拍到人間」句，名《五拍》。此皆七言八句也。至柳永有添字體，自注般涉調，有慢詞體，自注南呂宮，皆與七言八句者不同。（卷十二）

所列 6 體中前二體分別爲平起和仄起兩種首句入韻平韻七律，顯示出早期某些詞的特徵。

《小秦王》：《全唐五代詞》錄 2 首，《全宋詞》錄 5 首含《陽關曲》3 首，《全金元詞》無錄。《詞譜》《詞繫》均無錄。《詞律》卷一有載：

小秦王　二十八字　又名陽關曲　無名氏

*柳條*金嫩不勝鴉。青粉牆頭道韞家。燕子不來春寂寞，小窗和雨夢梨花。

即七言絕句，平仄不拘，如東坡所作暮雲收盡溢輕寒一首，下二句失黏不論。按，《漁隱叢話》云：**唐初歌舞多是五七言詩，後漸變爲長短句，今只存瑞鷓鴣、小秦王二闋**，瑞鷓鴣是七言八句詩，猶依字易歌，**小秦王是七言絕句，必須雜以虛聲乃可歌**耳。又宋秦觀云：渭城曲，絕句，今世又歌入小秦王，蓋即渭城朝雨浥輕塵一絕。

《詞品》卷一云：

唐人絕句多作樂府歌，而七言絕句隨名變腔。如水調歌頭、紇鶯轉、胡渭州、小秦王、三臺、清平調、陽關、雨霖鈴，皆七言絕句而異其名，其腔不可考。

《唐聲詩》下編云：

（一）小秦王傳詞之格調並不同於渭城曲，近人已經比勘明確。格調既異，彼此聲情亦必異，有不俟言。乃北宋時本曲謂渭城曲，甚至輿竹枝，除蘇軾外，文人多混用，不顧聲情，已不可解。清人譜書中又進一步逕以陽關曲之名掩蓋本曲名；近人信之過篤者，甚至依據上列小秦辭，以校勘王維渭城曲辭之音律，愈出愈奇。未省小秦王從秦王破陣樂來，應是凱歌，渭城曲完全驪歌，唐人何至混二曲爲一？（二）宋人歌小秦王比必雜虛聲。何謂虛聲？如何雜入？均尚模糊不明。（三）宋人又謂歌小秦王有和聲，與漁父、竹枝之有和聲同，此和聲又不知果在虛聲之外否？（四）因《詞品》載下文所列之氏州第一辭亦曰小秦王。沉雄《古今詞話》遂附會本調別名曰丘家箏，近人猶有用之者，宜正。〔註2〕

吳藕汀、吳小汀《詞調名辭典》云：

〔註2〕任半塘：《唐聲詩》，上海：上海古籍出版社，1982，頁457～458。

小秦王　又名：丘家箏、陽關曲、陽關詞。唐教坊曲名。〔註3〕

任半塘的疑問，只在小秦王、渭城曲等詞、樂的區別，以及如何歌曲。小秦王的絕句性質，則諸家均沒有疑問。

依任半塘，上述三首齊言詞均當歸入聲詩，但本文認爲它們的產生方式純粹是塡詞式的，故仍列入詞。其格律特徵則的確是律詩性質，尙未發生大的新變。

但六體中的另三體，《浣溪沙》、《玉樓春》、《生查子》，則在格律上則發生了明顯的新變。

《浣溪沙》格律模式爲：

n仄平，n平平。n平平。（上片）

n仄仄，n平平。n平平。（下片）

這是一首典型的新格律詩。其新格律表現爲：

（1）六句四押韻；

（2）首聯格律上下片不同，上片首句入韻，下片首句不入韻；

（3）二三、五六句格律重複。

這首詞無論從哪個角度看，都不能說脫胎於律詩。

《玉樓春》雖爲七言八句詩，但格律已打破黏對，完全不同於七律，已形成新格律詩歌。其格律爲：

n仄仄，n仄仄。n平平，n仄仄。（上片）

n仄仄，n仄仄。n平平，n仄仄。（下片）

《玉樓春》格律新變表現在：

（1）首聯格律重複；

（2）首聯與頷聯不黏。

這種新變在《生查子》身上表現得更明顯。《生查子》利用「疊配原則」組織句式，五言八句格式完全同於五律：

〔註3〕吳藕汀、吳小汀：《詞調名辭典》，上海：上海書店出版社，2005，頁67。

侍女動妝奩，故故驚人睡。那知本未眠，背面偷垂淚。

懶卸鳳頭釵，羞入鴛鴦被。時復見殘燈，和煙墜金穗。

但其格律則已完全形成了自己的模式：

仄仄，平仄。仄仄，平仄。（上片）

平平，平仄。平平，平仄。（下片）

其格律新變表現在：

（1）每聯聯內格律均不對仗；

（2）首聯與頷聯不黏；

（3）仄韻。

《浣溪沙》、《玉樓春》、《生查子》三詞均是在**「疊式原則」的基礎上，通過「別格律」，創造出與五律、七律不同的格律模式，從而完成「齊言詞」的體制新建設**。關於詞體格律的總體規律，本文將在「韻段格律研究」篇予以詳細研究。無論如何，將「疊配原則」運用於填詞，首先將面臨著「別格律」的挑戰。「別格律」，這是詞體創造的基本手段。

（二）變雙調

變雙調是詞體將自己與齊言詩區別開來的一個重要方式。

雙調，實際上是「雙章調」的簡稱。雙調現象，嚴格來講不是詞體特有的現象。在早期樂歌辭詩經中，早就出現過形式多樣的「重章疊句」現象。但是，**穩定的雙調模式，卻是詞體才有的特徵，也是詞體最典型的特徵之一**。關於雙調的詞體比率和地位，洛地在《詞體構成》曾有精彩統計和論述：

> 「單章調」，在《全宋詞》內爲 26 調，不到「兩章」的「令」調的十分之一；僅占宋人使用詞調總數 842 調的 3%。……26 個「單章調」除了以單章爲篇外，並未形成有可作爲一「類」的穩定的規範的結構特徵。也就是，「單章調」，從詞之爲詞，無論在結構上還是在數量上，都不能與詞成熟地發展之後的「令」、「慢」、「破」相併列而成爲詞

調的一個「類別」。〔註 4〕

> 詞，「格律化之長短句」，爲我國民族古典韻文的最高門類，大成於宋。其標誌，在其「兩章調」成熟地規範。據《全宋詞》，宋人使用詞調有存作可察其結構者 842，內：兩章構成的詞調 776，占 92.2%；爲詞調的主體。〔註 5〕

雙調作爲一種穩定的結構模式，從音樂角度看，適應於樂曲的「重章疊唱」需要。但更爲重要的是，它爲新詩體帶來了一些列形式特徵。首先，它爲新詩體帶來了上下片相近的格律特徵。其次，它還爲新詩體體帶來了一系列其他潛在可能。這些可能包括：換頭的可能（不是所有上下片都需要換頭，換頭必帶來句式、格律或押韻的變化）；同位句式替換表達的可能；同位適當改變格律的可能等等。這一系列可能，與雙調體制一起，最終將新詩體與原來律詩體式作了區分。齊言詞如《浣溪沙》，以及大部份類齊言詞，就是因爲採取雙調模式，其上下片之間可以採取大致相同的格律，同時還可以靈活換頭，可以在詞中上下片靈活替換句式，從而將自己與律詩體式作了區分。可以說，通過「變雙調」及其衍生方式，詞體最終拉開了與律詩體制的距離。

通過「別格律」和「變雙調」，齊言詞完成了從簡單「疊配」到詞體體制的成熟，形成了不同於齊言詩的諸般特徵。

三、從「疊配原則」泛化到「類齊言詞」

「疊配原則」作爲總體控制原則，對「類齊言詞」的形成也具有基礎作用。但是，從「疊配原則」泛化到一首「齊言詞」的生成，也還要經過不少環節。**類齊言詞體的形成，除了仍然會採用與齊言詞類似的「別格律」「變雙調」等手段外，往往還需借助「換句式」和「間雜言」等形式來完成詞體構成。**

〔註 4〕洛地：《詞體構成》，北京：中華書局 2009 年版，頁 196。
〔註 5〕洛地：《詞體構成》，北京：中華書局 2009 年版，頁 205。

（一）換句式

替換句式是類齊言詞的常見句式組織方式。

通過句式替換，可以在由「疊配」方式形成的主體齊言結構中加入其他句式，從而造成錯綜的句式節奏，形成一系列的「類齊言詞」。這種句式選擇受音樂節奏支配，但最終取決於詞體創造者的在詩體形式上的努力。

常用百體共有 9 體類齊言詞涉及「換句式」現象。它們分別是：鷓鴣天、十二時、漁父、五更轉、搗練子、踏莎行、菩薩蠻、卜算子、西江月。其中：

《五更轉》、《搗練子》可以看成七言四句詩中第一句被 3－3 型組合替換；

《漁父》可以看成是七言四句詩中第三句被 3－3 型組合替換；

《十二時》可以看成是七言八句詩中第一句被 3－3 型組合替換；

《鷓鴣天》可以看成是七言八句詩中第五句被 3－3 型組合替換；

《踏莎行》可以看成是七言八句詩中第一句、第五句被 4－4 型組合替換；

《菩薩蠻》可以看成是五言八句詩中第一二句被兩個七言替換；

《卜算子》可以看成是五言八句詩中第三句、第七句被七言替換；

《西江月》可以看成是六言八句詩中第三句、第七句被七言替換；

從替換情形看，有 3－3 型組合替換七言、4－4 型組合替換七言、七言替換五言、七言替換六言，替換類型還是比較多樣化的。

替換句式不僅是一調多體形成的主要原因，也在類齊言詞的最初形成中發揮了奇特作用。

（二）添雜言

添雜言也是類齊言詞詞體組織的常見句式策略。

通過添加雜言，可以在「疊配」主體齊言結構中加入不同節奏的句式，造成錯綜的句式節奏，形成一系列的「類齊言詞」。這種句式選擇與替換句式一樣，也受音樂特徵支配，但亦最終取決於詞體創造者的在詩體形式上的主觀努力。

常用百體共有 5 體類齊言詞涉及「添句式」現象。它們分別是：漁家傲、憶王孫、天仙子、定風波、南歌子。其中：

《漁家傲》：可以看成是七言八句詩中第三四句間和第七八句間添加三言；

《憶王孫》：可以看成是七言四句詩中第三四句間添加三言；

《天仙子》:可以看成是七言四句詩中第三四句間添加兩個三言；

《定風波》：可以看成是七言八句詩中三處添加三言；

《南歌子》：可以看成是五言四句詩中句末添加三言；

從這 5 體看，添加句式以三言爲主。這與三言在魏晉以來歷代樂歌辭中的和聲地位是有著巨大關係。

通過替換句式與增添句式，類齊言詞成爲長短句，確立了自己作爲雜言歌辭的特徵。

四、疊配原則的泛化與詞體構成

綜合上述討論，「疊配原則」不僅在詞體的句式組合層面發生作用，而且其作用能夠泛化到詞體的宏觀構成層面，對某些詞體的整體構成起著控制作用。**「疊配原則」控制詞體的宏觀構成有三個表現，一是出現少量齊言詞，二是出現大量類齊言詞，三是出現「片齊言」。**「疊配原則」作爲總體控制原則，對「齊言詞」的形成具有基礎作用。從「疊配原則」到組織形成一首「齊言詞」，其間還必須經歷「別格律」、「變雙調」等過程。通過「別格律」和「變雙調」，齊言詞形成了不同於齊言詩的特徵。例如《浣溪沙》、《玉樓春》、《生查子》三詞就是在「疊式原則」的基礎上，通過「別格律」，創造出與五律、七律不同的格律模式，從而完成「齊言詞」體制的建設。齊言詞如《浣溪沙》，大部份類齊言詞，通過「變雙調」的方式，將自己最終與律詩進行了巨大的區分。「疊配原則」作爲總體控制原則，對「類齊言詞」的形成也具有基礎作用。「類齊言詞」不僅借助於「別格律」、「變雙調」方式來建設與律詩的體式區分，同時還借助「換句式」和「添雜言」等「間雜言」方式來完成詞體體式成熟。總之，**齊言詞、類齊言詞借助疊配方式，通過別格律、調雙調、換句式、添雜言等一系列手段，最終形成自己與齊言詩各完全不同的詞體體式。**

第二節　論節配原則的泛化與「節配詞」

「節配原則」就是同尾節句式的相互組合原則。上一節，我們討論過，「節配原則」是句式組合的基本原則之一。實際上，「節配原則」不僅僅是句式組織原則，而且還可以是詩文的普遍組織原則。同樣的情況也發生在詞體中，**「節配原則」不僅能在詞體句式組合層面發生作用，而且其作用能擴大到詞體的宏觀組織層面。我們將「節配原則」作用範圍擴大的現象稱爲「節配原則」泛化**。本節探討節配原則泛化對詩文和詞體構成的影響。

一、「節配原則」泛化與騷體體式構成

大家都知道騷體以兮字句爲標誌，但是關於騷體的句式特性、句式組合特性、詩體宏觀構成特性以及三者的相互關聯，目前還缺乏細緻而透徹的分析。本文認爲，**「節配原則」對騷體句式的控制可以作爲理解騷體體式各種現象的突破口。**

爲解釋「節配原則」對騷體體式的控制，我們以離騷爲例來加以說明。

我們首先對離騷全部句式組合的節奏類型進行統計。

在統計之前，首先說明兩個統計前提：（1）據林庚觀點，本文將離騷中所用「兮」字作句讀處理，不計爲句式內容；〔註6〕（2）凡句

〔註6〕林庚《楚辭裏「兮」字的性質》一文中，曾把《詩經》中用「兮」字的情況與「楚辭」相比較，認爲像「楚辭」中這樣的一些句式，如「名余曰正則兮字余曰靈均」，「朝搴阰之木蘭兮夕攬洲之宿莽」，

尾出現「而求索」「之遲暮」「以善淫」等「虛字＋二言段」模式，統計時簡稱爲「之＋二言段」或「之 2」。

在這兩個前提控制下，我們來對離騷所有句式組合的節奏類型進行統計，得到：

表 7－4　離騷句式組合類型——數量統計

組合類型	數量	典型句例	句式節奏類型及數量
6兮6	106	惟草木之零落兮，恐美人之遲暮。 *吾令羲和弭節兮*，望崦嵫而勿迫。	3之2兮，3之2（103例） 222兮，3之2（3例）
6兮7	28	路曼曼其修遠兮，吾將上下而求索。 汩余若將不及兮，恐年歲之不吾與。	3之2兮，22之2（14例） 3之2兮，3之3（7例） 3之2兮，33也（3例） 3之2兮，223（2例） 3之2兮，222也（1例） 3之2兮，34（1例）
7兮6	16	眾皆競進以貪婪兮，憑不厭乎求索。	13之2兮，3之2（13例） 3之3兮，3之2（3例）
5兮6	16	鷙鳥之不群兮，自前世而固然。	2之2兮，3之2（15例） 2之2兮，2之3（1例）
5兮5	2	屈心而抑志兮，忍尤而攘詬。	2之2兮，2之2

「變黑以爲白兮倒上以爲下」，等等，實際上是起著句讀的作用（參看林庚《詩人屈原及其作品研究》，棠棣出版社 1953 年版）。褚斌傑在《中國古代文體概論》中認爲「這一意見是頗值得重視的，因爲「楚辭」的句式一般是兩句爲一小節，構成上下對稱性的長句，因此，正需要上下句之間稍加停頓，以增強詩歌的節奏感」（北京大學出版社 1990 版頁 66）。本文認爲此一觀點對《離騷》尤其適用，離騷中的全部兮字，均爲連接上下兩個句式，都可視爲近似句讀。（值得注意的是，《九歌》中兮字句情況要複雜得多，如聞一多在《怎樣讀《九歌》》中歸納出「兮」字在《九歌》中的各種用法和性質，兮字在九歌中具有替代其他虛詞如「之」「而」「以」「然」「於」的語法作用，這與後代句讀在作用上相差甚遠，所以要具體分析）

8兮6	2	余固知謇謇之爲患兮，忍而不能捨也。	32之2兮，1之3也（1例） 32之2兮，3之2（1例）
7兮7	3	眾女嫉余之蛾眉兮，謠諑謂余以善淫。	22之2，22之2（2例） 223，22之2（1例）
6兮5	4	吾令鳳鳥飛騰兮，繼之以日夜。	222兮，2之2（3例） 3之2兮，2之2（1例）
6兮8	3	恐鵜鴂之先鳴兮，使夫百草爲之不芳。	3之2兮，2222
8兮6	2	曰勉遠逝而無狐疑兮，孰求美而釋女？	13之3兮，3之2
9兮6	1	苟余情其信姱以練要兮，長顑頷亦何傷。	33之2，3之2
5兮7	1	眾不可戶說兮，孰云察余之中情？	32，22之2
6兮9	1	懷朕情而不發兮，余焉能忍而與此終古？	3之2，31之22
8兮7	1	靈氛既告余以吉占兮，歷吉日乎吾將行。	23之2，3之3
7兮8	1	既莫足與爲美政兮，吾將從彭咸之所居！	13之2，32之2
總	187		

從上表統計結果，我們得到一些基本結論：

（1）離騷的句式組合有15個大的類型。

（2）離騷全部15個組合類型均爲「n言段＋兮＋n言段」模式。

（3）離騷15大組合中「6兮6」組合佔據大半，因「6兮6」可視爲「齊言類型」，故從這個角度看，離騷接近齊言詩歌。

（4）去掉句尾兮字後的「某言段」，有六言段、七言段、八言段、九言段；其中六言段占絕大部份，七言、五言段較少；八九言段極少。絕大部份「某言段」均可分解爲二言節、三言節；其一般構成規律是：五言＝二言節＋之＋二言節，六言＝三言節＋之＋二言節，七言＝「二二之二」或「一三之二」或「三之三」。**我們將「某言段」看成是離騷的實體句型**，從上表推算出離騷各種實體句式的具體比例及一般構成：

表 7－5　離騷句式類型——比例統計

離騷句式統計	五言段	六言段	七言段	八言段	九言段
數量 374	25（6.9%）	285（76.2%）	53（14.2%）	9	2
一般構成	2 之 2	3 之 2	22 之 2； 13 之 2； 3 之 3	32 之 2； 13 之 3	

（5）93.6%的三言節爲一二節奏。我們發現，「三言節」對離騷有特殊意義，我們對所有離騷中出現的實義「三言節」進行語法節奏分析，最終得到以下結果。這一結果表明，**離騷三言節以一二節奏爲主**。

表 7－6　離騷三言節類型——比例統計

三言節	一二節奏	一一一節奏	二一節奏
327	308（93.6%）	2	17（5.2%）

以上是我們對離騷句式節奏得出的基本結論。下面我們對這些結論進行分析。

本文認爲，離騷的節奏雖然紛繁複雜，但從上文對 15 種句式組合——某言段——三言節、之＋二言節——三言節的「一二節奏」的一系列考察可以看出：**「一二節奏三言節」是離騷句式的核心節奏單元，是整個離騷體式的核心，騷體就是對這一核心節奏豐富多彩的複沓顯現**。也就是說，「節配原則」是離騷組織體式的主要原則。

我們可以從以下兩個方面來分述這個問題。

首先，**「一二節奏三字尾」幾乎是所有離騷句式的結構特徵**。從《離騷句式組合類型——數量統計表》《離騷句式類型——比例統計表》均可以看出，離騷去掉兮字後的「某言段」，雖然有五言、六言、七言、八言、九言的區別，但幾乎所有句式的尾部都爲「之＋二言」模式，這種模式可以看成是「一二節奏三言節」。尾部節奏的相似，使得離騷的句式與句式可以構成節奏良好的組合，組合與組合可以構成節奏良好的篇章段落，這保證了離騷各個部份在誦讀時非常一致的節奏感覺。顯然，「節配原則」支配了離騷主要句式組合以及整體詩體的構成。

其次，**「節配原則」對離騷句式的內部結構也有極強控制作用**。離騷各言句式的主體結構單元有兩種，一種是「之＋二言」，一種「三言節」，而後一種「三言節」絕大部份又採取「一二節奏三言節」模式，「一二節奏三言節」與「之＋二言」式三言節無疑具有非常好的節配組合優勢。

我們以離騷的一個段落來簡單說明「一二節奏三言節」通過「節配原則」對離騷整體節奏的支配和控制的具體情況：

帝高陽/之苗裔（兮），朕皇考/曰伯庸。
攝提貞/於孟陬（兮），惟庚寅/吾以降。
皇覽揆/余初度（兮），肇錫余/以嘉名：
名余/曰正則（兮），**字余**/曰靈均。
紛吾既有/此內美（兮），又重之/以修能。
扈江離/與辟芷（兮），紉秋蘭/以爲佩。
汨余若/將不及（兮），**恐年歲之**/**不吾與**。
朝搴阰/之木蘭（兮），夕攬洲/之宿莽。
日月忽/其不淹（兮），春與秋/其代序。
惟草木/之零落（兮），恐美人/之遲暮。

在這簡單的一段中，所有句式都具有「一二節奏三字尾」；同時其主要結構單元爲「三言節」，只有加點三處是「非三言節」，所有「三言節」中又只有「日月忽」與「攝提貞」這兩處三言節不能讀成「一二節奏」。可見「一二節奏三言節」對整個句群具有極強的「節配型」控制，從中可見節配原則在騷體句式組織中發生作用的一般情況。

「一二節奏三言節」對騷體體式的全面控制充分反映了節配原則在騷體中的作用，節配原則的泛化是理解騷體體式組織的關鍵。在騷體中，節配原則控制了句式的形成，句式組合的形成以及句群組合的形成，其作用早已越過了其句式組合原則的一般身份。因此，我們說，騷體是節配原則泛化的一個重要實例。

二、節配原則泛化與「四六」文體構成

駢文乃中國美文形式的頂峰，四六又是駢文形式的頂峰。可以說，四六文乃是中國文體皇冠上的明珠。而四六文的體式特徵，與「節配原則」的運用有極大的關係。

關於四六文的產生與成熟，劉麟生在《中國駢文史》中說：

> 古代文章，無所謂駢，亦無所謂散，奇偶相參，純任性之所至。彥和所謂「豈營麗辭？率然對爾。」深得其中旨趣。東漢文體日趨峻整，**至六朝始登駢儷之極峰，然尚無所謂四六文也**。唐代古文運動，陳子昂樹之風聲，韓昌黎柳子厚植其基礎。而後駢散之分始著。晚唐李商隱有《樊南四六甲集》二十卷，且為之辭曰：「四六之名，六博格五四數六甲之取也。」（見《樊南四六甲集》）**至宋代駢文，始專以四六名**。其別為何，即古代駢文，不專用四六之句，離古愈遠，而四六之句愈多。清代駢文，為復古運動，始以駢文相號召，於是駢文之體益尊，而範疇廣矣。李兆洛選輯《駢體文抄》專以漢魏六朝文字為依歸，且欲寓散於駢，一反於古，駢散由合而分，由分而漸趨於合，此體裁上之大變也。〔註7〕
>
> 駢文至六朝，始稱極盛時期，六朝文至徐庾，駢文始臻頂峰，然則**徐庾之文，可謂集駢文至大成，達美文之頂點**。（頁52）……徐庾在駢文中，尚有一重大貢獻，即四六句之屬對是也。**以四六句間隔作對，可謂徐庾導其風**。古人作對，不過上句對下句，其隔句作對，亦往往多用四言。

〔註7〕劉麟生：《中國駢文史》，東方出版社，1996年，頁5。

至四六句間隔作對，則首推徐庾爲多。子山之「山嶽崩頽，即履危亡之運；春秋迭代，必有去故之悲（《哀江南賦序》）孝穆之「棧道木閣，田單之奉霸齊；綰璽將兵，周勃之扶強漢」（《與王僧辯書》）皆其例也。（頁 55）〔註 8〕

可見四六的產生與成熟經歷了六朝到唐漫長的階段，其句式特點之一爲以四六句間隔作對。

所謂四六，據宋謝伋《四六談塵》「四六施於制誥表奏文檄，本以便於宣讀，多以四字六字爲句，宣和間多用全文長句爲對」〔註 9〕，是根據文體句式特徵命名的，即是指以四言、六言爲主要句式且講究「長句爲對」的文體。何謂「長句爲對」？大概是指「四六句間隔作對」一類的對仗方式。

爲了直觀瞭解四六文的句式特徵，可以以早期肇其開端的六朝駢文名篇《哀江南賦序》爲例加以具體分析說明。

《哀江南賦序》

（粵以）戊辰之年，建亥之月。大盜移國，金陵瓦解。||（余乃）竄身荒谷，公私塗炭。華陽奔命，有去無歸。（4444－4444）

中興道銷，窮於甲戌。（4－4）

三日哭於都亭，三年囚於別館。（6－6）

天道周星，物極不反。

傅燮之但悲身世，無處求生；|| 袁安之每念王室，自然流涕。（64－64）

（昔）桓君山之志事，杜元凱之平生，

並有著書，咸能自序。

潘岳之文采，始述家風；|| 陸機之辭賦，先陳世德。（54－54）

（信）年始二毛，即逢喪亂，藐是流離，至於暮齒。|| 燕歌遠別，悲不自勝；楚老相逢，泣將何及。

〔註 8〕 劉麟生：《中國駢文史》，東方出版社，1996 年，頁 52・55。
〔註 9〕 參看宋謝伋《四六談塵》，欽定四庫全書集部九。

畏南山之雨，忽踐秦庭；‖讓東海之濱，遂餐周粟。

下亭漂泊，高橋羈旅。楚歌非取樂之方，魯酒無忘憂之用。‖追爲此賦，聊以記言，不無危苦之辭，唯以悲哀爲主。（4466－4466）

日暮途遠，人間何世！

將軍一去，大樹飄零；‖壯士不還，寒風蕭瑟。（44－44）

荊壁睨柱，受連城而見欺；‖載書橫階，捧珠盤而不定。（46－46）

鍾儀君子，入就南冠之囚；‖季孫行人，留守西河之館。

申包胥之頓地，碎之以首；‖蔡威公之淚盡，加之以血。

釣臺移柳，非玉關之可望；‖華亭鶴唳，非河橋之可聞！

孫策以天下爲三分，衆才一旅；‖項籍用江東之子弟，人唯八千。（84－84）

（遂乃）分裂山河，宰割天下。（豈有）**百萬義師，一朝卷甲，芟夷斬伐，如草木焉！**

江淮無涯岸之阻，‖亭壁無藩籬之固。（7－7）

頭會箕斂者，合縱締交；‖鋤耰棘矜都，因利乘便。

將非江表王氣，終於三百年乎？

（是知）併吞六合，不免軹道之災；‖混一車書，無救平陽之禍。

嗚呼！山嶽崩頹，既履危亡之運；‖春秋迭代，必有去故之悲。

天意人事，可以悽愴傷心者矣！

（況復）舟楫路窮，星漢非乘槎可上；‖風飆道阻，蓬萊無可到之期。（47－47）

窮者欲達其言，勞者須歌其事。

陸士衡聞而撫掌，是所甘心；‖張平子見而陋之，固其宜矣！（74－74）

表 7－7 《哀江南賦序》各種駢對數量統計

駢對類型	數量
4－4	5
44－44	1
4444－4444	2
6－6	5
46－46	5
64－64	1
54－54	3
74－74	2
84－84	1
47－47	1
4466－4466	1

從分析看出，《哀江南賦序》句式組合多樣。《哀江南賦序》雖非以四六名文，但包含四言、六言組成的各種對仗，昭示著後代四六文的基本格式，這些對仗有：

（1）4－4 型，44－44 型，4444－4444 型；

（2）6－6 型，66－66 型；

（3）46－46 型；64－64 型；

這些對仗體現了四六文文體的基本文體特徵。

根據這些對仗模式，我們可以歸納出與四六文的文體特徵相關的基本句式組合。這些組合應該包括：4－4 型、6－6 型、4－6 型、6－4 型。

考察這些組合中四言和六言的顯微結構。很容易看出，駢文四言的微觀結構是「二二」結構，句尾爲「二字尾」。駢文的六言則有兩類：一類爲「二二二」節奏，如「鍾儀君子，入就南冠之囚；季孫行人，留守西河之館」，其六言句尾可以理解爲「二字尾」；一類爲騷體特徵句式「3 之 2」節奏，如「荊璧睨柱，受連城而見欺；載書橫階，捧珠盤而不定」中的六言，句尾是「一二節奏三字尾」。這樣，當我們考察四六文句式組合特點，我們能夠看到，無論哪種六言，其句尾都包括「二字節」或變形「二字節」，而與「二字尾」四言相配合，從而形成穩定 4－6 型組合或 6－4 型組合。也就是說，「節配原則」支配了四六文 4－6 型組合與 6－4 型組合的句式搭配。

最後，我們總結一下。

「四六文」是以四言、六言爲主體句式，以對仗爲主要行文方式的一種文體。四六文的四言句式只有一種類型，六言句式則有兩種類型：普通「二二二節奏」型和「一二之二節奏」的類騷體句型。「節配原則」的存在決定四言句式可以與兩種六言句式都形成具有良好節奏的句式組合如 4－6 型組合、6－4 型組合，並最終形成四六文的特徵句式組合群：4－4 型、6－6 型、4－6 型、6－4 型組合，以及四六文的特徵對仗模式：4－4 型、6－6 型、44－44 型、66－66 型、46－46 型、64－64 型對仗等。在四六文中，節配原則超越了作爲句式組合原則的一般作用範圍，對整個文體結構都產生了重要影響。從宏觀上講，四六文的文體特徵，包括它的句式內部結構單元、句式間的組合以及組合群的形成，都受到「節配原則」嚴格的支配。四六文的體式核心是「二字尾」結構，四六文體式基本上可以說是遵行「節配原則」和對仗模式建立起來的一種特殊文體。

三、節配原則泛化與詞體構成

「節配原則」對騷體體式形成和四六文體形成都產生了巨大作用。類似情況也發生在詞體中。節配原則不僅僅是詞體的句式組合原則，而且對某些詞體的整體構成都起到了關鍵作用。

這種作用根據其起作用範圍的大小，可分爲兩類。一類是節配原則控制詞體句系所有句式；一類是節配原則控制詞體句系韻段末句——押韻句。下面分別討論。

（一）節配原則控制詞體所有句式

節配原則控制詞體所有句式，即句系的全部句式均爲同一類型，即或者爲「二字尾」句式，或者爲「三字尾」句式的情況。

如《憶江南》：

> 江南好，風景舊曾諳。日出江花紅勝火，春來江水綠如藍。能不憶江南。

整首詞全部句式都是「三字尾句式」，這是「三字尾型節配原則」控制詞體構成的典型例子。

從理論上講，應該還存在「二字尾節配原則」控制詞體的例子，即詞體全部句式都是「二字尾句式」的類型——但大概由於偶言地位的關係，這種情況在實際中很少見到。

常用百體中，「節配原則」控制全部句式組織的詞體有 19 例之多，且全部是「三字尾」類型。爲簡便見，**我們將這類「節配原則」控制全部句式組織的詞體簡稱爲「節配詞」**。常用百體節配詞如下：

表 7－8　常用百體中的節配詞

<table>
<tr><th>節配詞類型</th><th>節配詞</th><th>句系</th><th>所含句式</th><th>分類</th><th>總詞量</th><th>唐詞量</th><th>宋詞量</th><th>金元詞量</th></tr>
<tr><td rowspan="8">三字尾型（19體）</td><td>南歌子</td><td>定 55－5－53</td><td>35</td><td>小</td><td>358</td><td>27</td><td>261</td><td>70</td></tr>
<tr><td>鷓鴣天</td><td>定 7－7－77|33－7－77</td><td>37</td><td>小</td><td>1025</td><td></td><td>712</td><td>213</td></tr>
<tr><td>漁家傲</td><td>定 7－7－7－3－7|重</td><td>37</td><td>中</td><td>378</td><td>5</td><td>266</td><td>107</td></tr>
<tr><td>十二時</td><td>★33－7－77|77－77</td><td>37</td><td>小</td><td>308</td><td></td><td>259</td><td>49</td></tr>
<tr><td>漁父</td><td>定 7－7－33－7</td><td>37</td><td>小</td><td>170</td><td>48</td><td>90</td><td>32</td></tr>
<tr><td>憶王孫</td><td>定 7－7－7－3－7</td><td>37</td><td>小</td><td>86</td><td></td><td>54</td><td>32</td></tr>
<tr><td>五更轉</td><td>★33－7－77</td><td>37</td><td>小</td><td>69</td><td>69</td><td></td><td></td></tr>
<tr><td>搗練子</td><td>定 33－7－77</td><td>37</td><td>小</td><td>52</td><td>11</td><td></td><td>52</td></tr>
</table>

	天仙子	定 7－7－73－3－7	37	小	45			45
	卜算子	定 55－75│重	57	小	323	1	243	79
	五陵春	定 75－7－5│重	57	小	74		47	27
	菩薩蠻	（7－7）－（5－5）│（5－5）－（5－5）	75	小	769	86	614	69
	望江南	定 35－77－5	357	小	1031	746	189	96
	阮郎歸	定 7－5－7－5│33－5－7－5	357	小	203	1	179	23
	長相思	★33－7－5│重	357	小	194	11	120	63
	小重山	定7－53－7－35│5－53－7－35	357	小	152	6	120	26
	喜遷鶯	定 33－5－7－5│重【（33－5）－（7－5）】	357	小	141	10	101	30
	最高樓	定 35－5－77－333│（35－35）－33－77－333	357	中	60		45	15
	虞美人	（7－5）－（7－63）│重	579	小	366	24	307	35
二字尾型（缺）								

根據此表，常用百體節配詞有以下幾個特點：

（1）數量較大——常用百體共計節配詞 19 首，如果將 6 首齊言詞也當做特殊的節配詞，則常用百體節配詞數量達到 25 首，占到總詞體的四分之一強。

（2）小令為主，中調罕見，無長調。

（3）全部為「三字尾型節配詞」——常用百體中沒有出現「二字尾型節配詞」

（4）類型豐富——從包含的句式類型看，三五言節配詞 2 體，三七言節配詞 7 體，五七言節配詞 3 體，三五七言混合節配詞 6 體，五七九言混合節配詞 1 體。

（二）「節配原則」控制詞體全部押韻句的情況

「節配原則」控制詞體韻段末句——押韻句的情況，即雖然詞體同時包含著二字尾句式和三字尾句式兩種類型的句式，但關鍵的押韻句卻能保持同一類型，或者全爲「二字尾句式」，或者全爲「三字尾句式」的情況。如小令《*如夢令*》

昨夜雨疏**風驟**。
濃睡不消**殘酒**。
試問捲簾人，卻道海棠**依舊**。
知否？**知否**？
應是綠肥**紅瘦**。

所有押韻句均爲「二字尾」節奏。又如長調《聲聲慢》：

尋尋覓覓，冷冷清清，淒淒**慘慘戚戚**。
乍暖還寒時候，**最難將息**。
三杯兩盞淡酒，怎敵他，**晚來風急**！
雁過也，正傷心，卻是**舊時相識**。
滿地**黃花堆積**。憔悴損，如今**有誰堪摘**？
守著窗兒，獨自**怎生得黑**。
梧桐更兼細雨，到黃昏，**點點滴滴**。
這次第，怎一個**愁字了得**。

所有押韻句也是同類型的「二字尾句式」。這二者均屬於「二字尾押韻句」構成的節配類型。也有押韻句由「三字尾句式」控制的節配類型，如《水調歌頭》：

明月幾時有，把酒**問青天**。
不知天上宮闕，今夕**是何年**。
我欲乘風歸去，又恐瓊樓玉宇，高處**不勝寒**。
起舞弄清影，何似**在人間**。
轉朱閣，低綺户，**照無眠**。
不應有恨，何事長向**別時圓**？
人有悲歡離合，月有陰晴圓缺，此事**古難全**。
但願人長久，千里**共嬋娟**。

無論二字尾控制的押韻句還是三字尾控制的押韻句，都能在押韻句位置形成統一的節奏，保證詞體在整體誦讀節奏上的相對節奏感。

爲簡便，我們把這類押韻句由同尾節句式控制的詞體稱爲「韻位節配詞」。如果叶韻句還有一兩處不符合「節配原則」，我們將這類詞稱爲「韻位近似節配詞」。

常用百體中「韻位節配詞」與「韻位近似節配詞」分別有：

表7－9　常用百體中的韻位節配詞

韻位節配詞類型（14體）	韻位節配詞	句系	屬類	總詞量	唐詞量	宋詞量	金元詞量
三字尾型（6體）	水調歌頭	定 55－47－665－55︱333－47－665－55	長	948	1	772	175
	江城子	定 7－3－3－45－733	小	285	14	193	78
	蘇幕遮	定 33－45－7－45︱重	小	136		28	108
	導引	定 45－5－75︱7－5－75	小	104		99	5
	少年遊	▲7－5－445︱75－445	小	87		76	11
	蝶戀花	定 7－45－7－7︱重	小	612	1	501	72＋38
二字尾型（8體）	聲聲慢	定 446－64－634－354︱636－64－634－354	長	109		87	22
	花心動	§436－446－734－344︱6－36－446－734－36	長	43	19	19	5
	風流子	★6－6－336－22－6	小	60	3	48	9
	柳梢青	定 4－44－444︱6－34－444	小	218		188	30
	漢宮春	定 454－64－434－346︱654－64－434－346	長	89	1	78	10
	蘇武慢	定 446－446－644－544︱3446－446－464－56	長	45	11	29	5
	如夢令	★6－6－56－22－6	小	326		184	142
	鵲橋仙	定 446－734︱重	小	255		185	70

表 7－10　常用百體中的韻位近似節配詞

類韻位節配詞類型（26體）	類韻位節配	句系	屬類	詞量	唐詞量	宋詞量	金元詞量
二字尾型（7體）	朝中措	定 7－5－66∣444－66	小	308	272	36	
	齊天樂	定 76－446－4－54－47∣654－446－4－54－45	長	146		119	27
	太常引	§7－5－5－34∣445－5－34	小	134		20	114
	風入松	定 7－4－734－66∣重	中	119		65	54
	祝英臺近	定 335－45－6434∣3－65－45－6434	中	87		83	4
	一翦梅	定 7－44－744∣重	小	98		68	30
	西江月	定 66－7－（6）∣重	小	758	47	491	220
三字尾型（18體）	青玉案	定 7－33－7－44－5∣7－7－7－44－5	中	171		142	29
	永遇樂	定 444－445－446－346∣446－445－446－344	長	109	4	78	27
	霜天曉角	定 4－5－633∣2－3－5－633	小	103	1	99	3
	糖多令	定 5－5－34－733∣重	中	74		50	24
	酒泉子	定 4－（6－33）－3∣（7－5－33）－3	小	68	37	22	9
	望海潮	定 446－446－5－54－443∣654－446－5－54－65	長	57		39	18
	一落索	定 6－4－75∣重	小	49		47	2
	滿路花	定 55－7－45－564∣65－7－45－546	中	41		28	13
	應天長	定 7－7－33－7∣33－6－6－5	小	39	13	26	
	憶秦娥	定 3－7－3－44∣7－7－3－44	小	202	2	138	62
	攪棹歌	§3－3－7－34－37∣7－7－34－37	小	39	39		

	戀繡衾	▲7－34－333－4∣734－333－4	小	38		34	4
	踏莎行	定 44－7－77∣重	小	381		229	152
	好事近	定 56－65∣75－65	小	318		302	16
	巫山一段雲	55－（7－5）∣（6－6）－（7－5）	小	97	8	7	82
	臨江仙	定 76－7－7∣重	小	704	34	494	176
	醉落魄	定 4－7－7－45∣7－7－7－45	小	147		143	4
	烏夜啼	6－3－63∣（3－3）－3－63	小	112	7	88	17
特殊類〔註 10〕	燭影搖紅	47－75‖6－34－444	小	65		48	17

從總體上看，節配原則對詞體體式的構成具有很強的控制作用。常用百體中，由節配原則形成的節配詞有 19 體，韻位節配詞有 14 體，類韻位節配詞有 26 體，三者總計達到 59 體。如果將齊言詞作爲特殊的節配詞納入考察範圍，則這個數據可以擴大到 65 體。也就是說，在常用百體中，詞體構成受節配原則潛在支配的高達 65%。可見節配原則的確是詞體宏觀構成的最基本原則之一。

四、小結

節配原則不僅僅是中國古典詩歌句式組合的基本原則，而且也是中國古典詩文體系形式構造的最基本原則，對騷體體式的形成，四六文體的形成，以及一半以上詞體體式的形成，都產生了極爲深刻的影響。節配原則的泛化對詞體構成的影響，是一個值得深入探討的課題。

第三節　論領配原則的泛化與詞體構成

腔子多有句上合用虛字，如嗟字、奈字、況字、更字、又字、料

〔註 10〕《燭影搖紅》其句系爲「47－75/6－34－444」，上片押韻句受三字尾節配控制，下片押韻句受二字尾節配控制，這是一種很特殊的韻位近似節配控制情況。

字、想字、正字、甚字，用之不妨。如一詞中兩三次用之，便不好，謂之空頭字。不若徑用一靜字，頂上道下來，句法又健，然不可多用。〔註 11〕

——沈義父《樂府指迷》

古曲譜多有異同，至一腔有兩三字多少者，或句法長短不等者，蓋被教師改換。亦有嘌唱一家，多添了字。吾輩只當以古雅爲主，如有嘌唱之腔不必作。且必以清眞及諸家目前好腔爲先可也。〔註 12〕

——沈義父《樂府指迷》

宋詞亦不盡協律，歌者不免增減。**萬樹《詞律》所謂曲有襯字、詞無襯字之說，尚爲未究其變也。**〔註 13〕

——《四庫全書總目提要——樂府指迷條》

詞中句讀，不可不辨。**有四字句而上一下一中兩字相連者；有五字句而上一下四者**；有六字句而上三下三者；有七字句而上三下四者；**有八字句而上一下七**，或上五下三，上三下五者；有九字句而上四下午，或上六下三，上三下六者。此等句法，不勝枚舉。〔註 14〕

——《詞譜》凡例第九

「一字領」是有的，且極爲重要……例如：「一字領」三言……「一字領」四言……「一字領」五言……「一字領」六言……「一字領」七言……單就句式而言，並非詞體所首創…係詞體（律詞）成熟之後方形成爲一類穩定的特殊的句式類型。……「一字領」非「一言」。……「一字領」係其後「本句」句式之「句前附加」，即「一字領」不入句式……「一字領」不入句式是「一字領」的根本

〔註 11〕《詞源注 樂府指迷箋釋》，張炎著夏承燾校注詞源注、沈義父著蔡嵩雲箋釋樂府指迷，人民文學出版社 1981 年版，頁 73。

〔註 12〕《詞源注 樂府指迷箋釋》，張炎著夏承燾校注詞源注、沈義父著蔡嵩雲箋釋樂府指迷，人民文學出版社 1981 年版，頁 80。

〔註 13〕見文淵閣四庫全書附錄欽定四庫全書總目卷一百九十九。

〔註 14〕〔清〕王奕清：《欽定詞譜》，北京：中國書店 1983 年影印版，凡例第九條。

性質。……「一字領」，「領」緊接其後的本句，可以「領」一句（按文體之句，下同），也可「領」其後數句。……「一字領」係「本句」句式之「句前附加」。故，其所用文辭，亦與之相應，皆古代概念中之「虛字」，如：更、正、喜、卻、幸、甚、共、若、莫、故、再、想、與、指、把、到、過、在、有、奈、早、且、是、暗、只、歎、聽、見、已、忍、盡、又、對、看、乍、怎、算、倩、便、付、但、偶、首、向、似、任、幾、獨、待、愛、念、況、望、度、竟、問、恨、怕、寫、試、誤、記、被、遍、爲、半、漸、渾、料、總、數、定……句前附加「一字領」對於本句的作用，在於修飾本句、強化本句。或可分述爲三法：1.近於動詞用法……2.深刻本句辭意……略之亦無大傷……3.反襯而作跌宕。……如何判斷「一字領」句，則更似曾未爲詞家所矚目……以文辭解讀取代文體的句讀——各人按各人自家對文辭的理解斷句。古今眾多詞譜、詞集可謂無不如此……因不解「一字領」而誤讀，更比比皆是……按基本句讀，即可判斷「一字領句」；按基本句讀，凡句前出現、即帶有畸零單字（通常爲仄者），當爲「「一字領」句」。……自清初《詞譜》直至今日如《全宋詞》，眾家句讀詞調，時見參差，而於「一字領」失誤最大，尤其是「五言（前帶一領字）」、「六言（前帶一領字）」、「七言（前帶一領字）」三者，幾可謂全失…就《詞譜》卷一到卷十（第一本）拈出其中一二例以說。1. 「五言（前帶一領字）」誤斷爲「三／三」……2.「六言（前帶一領字）」誤斷爲「三／四」… …3.「七言（前帶一領字）」「三／五」。 ……或有云：文體之句讀與文辭之句讀未必一致…然而…詞不同於詩者，首要不在其文辭而在其文體…無任意句讀之事…後人按其「格」爲「體」填辭，偶因辭而移易句讀者間或有之，並不能因具體一二作品之異而另立爲「體」。……因對「一字領」之無見，導致句段之失，不可勝數…願就署名岳飛所作《滿江紅》的句讀作一討論。……審《詞譜》之所以有所謂「句法」之說，蓋在「一字領」之失；將文體學之「一字領句」與「句」、「逗」混

淆而消失在文辭學的所謂「句法」之中。〔註 15〕

——《詞體構成·一字領——兼説詞體句式無所謂「句法」》

我們在「詞體句式節奏分析」一節探討過一字豆句式作爲詞體標準句式的節奏特徵，在「論 54 型組合與領配原則」一節探討過一字豆引領的「句式組合」蘊含的「領配原則」。實際上，「領配原則」在詩歌和詞體中的運用要遠比上述討論廣泛。「領配原則」不僅僅是句式組合的原則，而且在更廣泛的範圍裏控制著詞體的構成。洛地對「一字領」的性質、分類、功能、判別標準、誤判現象等有過重要研究。本文在上述研究和在洛文的基礎上，從以下幾個方面來進一步探討「領配原則」對於詞體構成的全面意義。

一、各言句式都可以通過「領配原則」形成相應的各言領字句。

二、普通組合都可以通過「領配原則」形成相應一字豆型組合或領配型組合。

三、詞體任何位置都有插入「領字」形成領配的潛力。

一、各言句式都可以通過「領配原則」形成相應的各言領字句

各言句式通過添加領字形成了從三言到八言的各言領字句。「領配原則」通過一字豆引領各言句式，完成了各言領字句的形成。以下分説之。

1、在詞體中，一字豆可以引領三言、四言、六言、七言。

在「詞體句式節奏分析」一節，我們證明，「常用百體」出現了「一字豆四言」（即一字豆＋三言，餘此類推）「一字豆五言」「一字豆七言」「一字豆八言」（「一字豆三言」未加討論。唯一未出現的是「一字豆六言」。詳情參看該節）；這些分別是一字豆引領三言、四言、六言、七言的情況。《詞譜》正體出現這些句式，説明這些句式的應

〔註 15〕洛地：《詞體構成》，北京：中華書局 2009，頁 98～127。本處爲其文内容提要，省略號爲筆者所加。

用十分廣泛。

2、在詞體中，一字豆可以引領五言。

一字豆引領五言即形成「一字豆六言」句式。「一字豆六言」句式雖未在常用百體中出現，但並不意味著詞體缺乏這種句式。在常用百體所在詞調的其他詞體中，以及常用百體之外其他詞調中，均出現過「一字豆六言」。簡單舉幾例：

便只合長相聚。　（柳永《晝夜樂》）

先是驪歌不忍聞，**又**何況春將暮。（黃公度《卜算子》，詞譜七體之又一體）

臨鏡無人爲整裝，**但**自學孤鸞照。

／江水東流郎在西，**問**尺素何由到。（張先《卜算子》，詞譜七體之又一體）

又聽畫角嗚咽，**都**和作一團愁。（吳潛《訴衷情令》，詞譜第二體）

花花葉葉盡成雙，**渾**似我梁上燕。（呂渭老《一落索》，詞譜第二體）

欲留風月守花枝，**卻**不道而今遠。

／青山只管一重重，**向**東下遮人眼。（毛滂《一落索》，詞譜第三體）

多情成病不須醫，**更**憔悴轉尋思。（杜安世《少年遊》）

杏花笑吐香紅淺，**又**還是春將半。（宋徽宗《探春令》）

等得黃昏月溪寒，**愛**顧影臨清淺。

／江北江南舊情多，**奈**笛裏關山遠。（高觀國《留春令》）

蘭堂靜悄珠簾窣。**想**玉人歸何處。

／淒涼方感孤鸞侶。**對**夜永成愁緒。（杜安世《端正好》）

莫把幽蘭容易比，**都**占盡人間秀。

／只有些兒堪恨處，**管**不似人長久。（李之儀《雨中花》）

別來寂寞朝朝暮。**恨**遮亂當時路。

／而今重與春爲主。**盡**浪蕊浮花妒。（楊無咎《於中好》）

窮陰急景暗推遷。**減**綠鬢捐朱顏。

利名牽役幾時閒。**又**還驚一歲圓。

勸君今夕不須眠。**且**滿滿泛觥船。

大家沉醉對芳筵。願新年勝舊年。(楊無咎《雙雁兒》)

新春入舊年，綻梅萼一枝先。

隴頭人待信音傳。算楚岸未香殘。

小枕風雪憑欄干。下簾幕護輕寒。

年華永占入芳筵。付尊前漸成歡。(無名氏《慶金枝》)

以上舉例皆見於洛地《詞體構成·一字領——兼說詞體句式無所謂「句法」》，並由洛地說明《詞譜》《全宋詞》斷句之失誤。由舉例可見，「一字豆引領五言」的情況在詞體中也是很常見的。

3、在詞體中，一字豆引領二言也可謂非常常見。

如果將「一二節奏的三言句」稱爲「一字豆引領二言」，那麼一字豆引領二言的情況在詞體中也是非常常見的。這方面的例子非常多，不勝枚舉。這裡只舉一個 3－4 型組合的例子來說明。常用百體共出現 3－4 型組合 17 例，如下：

3－4 型（17 例）

漸暖靄，初回輕暑。(賀新郎——睡起流鶯語　葉夢得)

但悵望，蘭舟容與。(賀新郎——睡起流鶯語　葉夢得)

有誰家，錦書遙寄。(水龍吟——霜寒煙冷蒹葭老　蘇軾)

酒醒處，殘陽亂鴉。(柳梢青——岸草平沙　秦觀)

過短亭，何用素約。(瑞鶴仙——悄郊園帶郭　周邦彥)

卻彈作，清商恨多。(太常引——仙機似欲織纖羅　辛棄疾)

且痛飲，公無渡河。(太常引——仙機似欲織纖羅　辛棄疾)

怕綠刺，罥衣傷手。(雨中花令——剪翠妝紅欲就　晏殊)

爲黃花，頻開醉眼。(燭影搖紅——老景蕭條　毛滂)

<u>二十年，重過南樓</u>。(唐多令——蘆葉滿汀洲　劉過)

舊江山，渾是新愁。(唐多令——蘆葉滿汀洲　劉過)

<u>細雨打，鴛鴦寒悄</u>。(杏花天——淺春庭院東風曉　朱敦儒)

人別後，碧雲信杳。(杏花天——淺春庭院東風曉　朱敦儒)

對好景，愁多歡少。（杏花天——淺春庭院東風曉　朱敦儒）
憑小檻，細腰無力。（撥棹子——風切切　尹鶚）
偏掛恨，少年拋擲。（撥棹子——風切切　尹鶚）
雨瀟瀟，衰鬢到今。（戀繡衾——木落江南感未平　朱敦儒）

其中，除劃線 2 句不能斷為「一二節奏三言」外，其他 15 句皆可斷為「一二節奏三言」，皆可以看成是一字豆引領二言形成的句式。在這 15 句中，加點 8 句中的首字均為虛字，可以歸入虛字引領的典型「一字領」。由此可見，3－4 型組合中三言的「一字豆引領」的比例還是很高的。

3－4 型組合中的三言如此，其他類中三言也多有類似。

〔注意〕由於三言過於短小，在一般情況下，我們很少單獨對其微觀結構作進一步分析。但是，在某些特殊的情況下，我們就必須重視三言節的內在節奏劃分。除了詞體中的上述情況，還有如發生在楚辭和四六文中的「一字豆引領二言」的情況。為使大家對「一字豆引領二言」有透徹的認識，現將發生在楚辭和四六文中的「一字豆引領二言」的情況補充討論如下。

補充討論一：楚辭與「一字豆引領二言」的關係

以下證明一字豆引領二言（形成「一二節奏」三言節）形成楚辭的核心結構，並進一步形成楚辭的核心句式——特殊的一字豆句式。

（1）楚辭的核心結構為「一二節奏的三言節」，可以看成是特殊「一字豆節奏」。

在「論節配原則的泛化與詞體構成暨節配詞」一節中，我們已經對離騷句式進行分析，根據《離騷句式組合類型——數量統計表》《離騷三言節類型——比例統計表》證明：**離騷三言節以一二節奏為主**；「一二節奏三言節」是離騷句式的核心節奏單元，是整個離騷體式的核心，騷體就是對這一核心節奏豐富多彩的複沓顯現。

同樣我們也可以證明「九歌」的節奏核心單元也是「一二節奏三

言節」。

下面是對「九歌」句式的統計分析：

表 7－11　九歌句式節奏類型統計

九歌句式類型	一二兮二	二兮二	一二兮一二	其他
《東皇太一》15	11（另 1 句二一兮二）	3		0
《雲中君》14	13	1		0
《湘君》38	28	8		2
《湘夫人》70	43（另 2 句二一兮二）	19	4（另 1 句二一兮二一）	1
《少司命》52	17	15	17	2 句二二兮二；1 句二二一兮二
《河伯》18	16		2	
《山鬼》27			25（另 1 句二一兮二一）	
《國殤》18			18	
《禮魂》5	2	3		
總計（256）	130（50.8%）	49（19.1%）	66（25.9%）	另 5 它 6

表 7－12　九歌三言節類型統計

三言節	一二節奏	一一一節奏	二一節奏
269	262（97.4%）	0	7（2.6%）

在這裡，我們忽略「兮××」即可以看成「二字尾」又可以看成「三字尾」的特殊情況，就一般而言，也證明了：「九歌」的句式主要有「三兮二」「二兮二」「三兮三」三種，「一二節奏三言節」是「九歌」句式的核心節奏。

離騷、九歌的句式無疑能夠代表楚辭句式的一般情況。所以，我們說，楚辭句式的核心結構是「一二節奏三言節」，從節奏角度講，就是「一字豆領二字」的一字豆節奏。

當然，楚辭中的「一字豆節奏」的一字豆既可以是動詞，也可以是副詞或其他詞類。其中，動詞和虛詞類都非常常見。如「三之二」句式的前後兩半部份，前半部份「三言節」中的動詞和虛字引領情況各占一半，後半部份「之××」結構則幾乎全部爲虛字引領的一字豆節奏；「三兮三」句式（集中在山鬼和國殤中）中的兩個三言節則多爲動詞引領的一字豆節奏。

（2）楚辭的 3 種典型句式均可看成一字豆引領的句式。

離騷的典型句式爲「3 之 2」式（占句式的 76.2%）；九歌的主要句式有「三兮二」（占 50.8%）、「三兮三」（占 25.9%）、「二兮二」（占 19.1%）三種。這四種句式代表了楚辭的句式類型。除較少的「二兮二」句式不是一字豆引領外，其他三種主要句式一字豆多在句首，均可看成是一字豆引領的句式。其中：

「3 之 2」式——相當於特殊的一字豆五言

「三兮二」式——相當於特殊的一字豆五言

「三兮三」式——相當於兩個特殊的「一字豆三言」組合

作爲楚辭最主要的句式的「3 之 2」句式和「三兮三」句式均可以看成是特殊的一字豆句式，由此可見一字豆句式是楚辭句式的根本特徵。當然，楚辭中的一字豆句式比普通的一字豆句式又要特殊些，這是值得注意的。

補充討論二：「一字豆引領二言」與「四六」的關係

特殊的「一字豆引領五言」是「四六文」的句式基礎之一。駢文或四六文是受楚辭漢賦影響形成的一種文體。其主要特徵就是由四言、六言形成特殊組合如 44 型組合、66 型組合、46 型組合、64 型組合等，再由各組合連綴或對仗構成整體篇章。六言是四六文的基礎句式。四六中的六言有兩種節奏：「一二之二」節奏、「二二二」節奏。如下面這段著名駢文中六言的情況：

遙襟甫暢，逸興遄飛。爽籟發而清風生，纖歌凝而白雲過。睢園綠竹，氣凌彭澤之樽；鄴水朱華，光照臨川之筆。四美具，二難並。**窮睇眄於中天，極娛遊於暇日**。天高地迥，**覺宇宙之無窮**；興盡悲來，**識盈虛之有數**。**望長安於日下，目吳會於雲間**。地勢極而南溟深，天柱高而北辰遠。關山難越，誰悲失路之人；萍水相逢，盡是他鄉之客。**懷帝閽而不見，奉宣室以何年**。（王勃《滕王閣序》）

其中，下劃線句式是普通六言，加點句式則可看成「特殊一字豆六言」。「特殊一字豆六言」是受楚辭漢賦句式影響，較早形成的，駢文六言的主導節奏，普通六言則是伴隨雙音節詞彙的增加，晚形成的，到後來才慢慢增多使用的節奏。駢文中的「一二之二」句式全雷同於離騷楚辭「三之二」句式，可以看成是「一字豆引領五言」而形成的特殊「一字豆六言句」，其基本結構即爲「一字豆引領二言」。

從上文探討可以看出，在詞體中，一字豆可以引領各言句式形成詞體的標準句式，從而成爲詞體句式的普遍構成方式；而在歷史上，「一字豆引領二言」和「一字豆引領五言」曾經是非常輝煌的句式構成模式，在楚辭和駢文文體的形成中發生過關鍵作用。無論從歷史上看還是從詞體現狀看，領配原則對各言一字豆句式的形成都具有普遍作用。

二、普通組合都可以通過「領配原則」形成相應一字豆型組合或領配型組合

普通組合可以通過「領配原則」形成相應一字豆型組合，這是一個非常值得注意的發現。

我們知道，常用百體共享到組合 76 種，要對這 76 中組合的相應領配型組合進行全面分析無疑是困難的，也沒有太大的意義。但是，我們可以從另一些角度來證明，幾乎所有的組合都可以形成相應的領配型組合，也就是說，領配原則對於句式組合的適用性幾乎是普遍的。

（1）常用百體共使用到 21 種一字豆組合，我們可以證明這些一字豆組合的「基始組合」〔註 16〕類型廣泛，組合方式也富於變化。

常用百體使用的 76 種組合與 21 種一字豆型組合已於上文給出。我們找到常用百體使用的 21 種一字豆型組合相應的「基始組合」，將它與常用百體全部 76 種普通組合對照，以觀察常用百體允許哪些普通組合以怎樣的方式添加一字豆形成一字豆型組合：

表 7－13　常用百體普通組合與一字豆型組合之「基始組合」對應表

組合等級	出現頻率	組合種目	普通組合	相應一字豆型組合的「基始組合」（加點處為一字豆的位置）
特級組合（出現 9 次以上）	9 次以上	12 種	33 型（30）	
			77 型（22）	
			45 型（22）	**45** 型（1）
			444（18）、	**444**（6）、**444**（2）**444**（2）
			446（17）、	**446**（2）
			34 型（17）	**34** 型（1）
			55 型（15）	
			75 型（13）	**75** 型（1）
			44 型（12）	**44** 型（4）、**44** 型（3）
			445 型（9）	**445**（2）
			76 型（9）	
			66 型（9）	
一級組合（出現 5 到 8 次）10 種	8 次	1 種	54 型（8）	
	7 次	4 種	35 型（7）	
			65 型（7）	
			544 型（7）	
			734 型（7）	

〔註 16〕我們假設：一字豆型組合＝一字豆＋基始組合。所謂「基始組合」，即是一字豆組合去除一字豆後剩餘的部份。

	6 次	4 種	36 型（6） 37 型（6） 344 型（6）、 346 型（6）	37 型（1） 344 型（3）、
	5 次	1 種	53 型（5）	
二級組合（出現 2 到 4 次）29 種	4 次	5 種	46 型（4） 47 型（4） 64 型（4） 74 型（4） 654（4）	46 型（1） 47 型（2） 64 型（3）
	3 次	6 種	56 型（3） 63 型（3）、 333 型（3）、 733 型（3）、 447 型（3）、 434 型（3）	333 型（2）、
	2 次	18 種	22 型（2）、 48 型（2） 454（2）、 633（2）、 433（2） 644（2）、 744（2） 665（2） 353（2） 634（4） 345（2） 354（4） 735（2）、 534（2）、 545（2） 5444（2） 6434（2）、 3334（2）、	433（1） 644（3）、 744（1）

三級組合（出現 1 次）25 種	1 次	25 種	73 型（1）85 型（1）336、335、533、443、366、355、564、546、464、436、636、547、645、364、754、5433、5434、3434、3435、3446、3636、3536、 4444	4444（2）
				4433（1）

從表中可以看出：

第一、21 種一字豆型組合出自 18 種基始組合，或者說，共有 18 種普通組合擁有相應的一字豆型組合。這個數據雖然相對全部 76 種組合來講有點低（占四分之一），但是考慮到這僅僅是常用百體出現的數據，而全部詞體高達 800 餘調 2000 餘體，則這個數據的比例還是相當高的。它能部份反映領配原則的普遍性特點。

第二、從表中來看，一字豆的添加位置也相當靈活：組合首句添加一字豆是最主要的方式，但也存在組合中間和組合末句添加一字豆的情況——這也反映了領配原則的某種普遍性。以 44 型組合爲例，其相應的一字豆型組合，理論上有兩類，實際都已出現，如下：

4－4 型基始組合⟶5－4 型一字豆組合（即一字豆在首句，4 例）：

繞嚴陵灘畔，鷺飛魚躍。（滿江紅——暮雨初收　柳永）

歎重拂羅裀，頓疏花簟。（齊天樂——綠蕪凋盡臺城路　周邦彥）

正玉液新篘，蟹螯初薦。（齊天樂——綠蕪凋盡臺城路　周邦彥）

早窗外亂紅，已深半指。（紅窗迥——幾日來　周邦彥）

4－4 型基始組合——→字豆組合 45 型（即一字豆在末句，3 例）：

冰肌玉骨，**自清涼無汗**。（洞仙歌——冰肌玉骨　蘇軾）

南極星中，**有老人呈瑞**。（醉蓬萊——漸亭皋葉下　柳永）

華闕中天，**鎖蔥蔥佳氣**。（醉蓬萊——漸亭皋葉下　柳永）

再如 4－4－4 型組合，作爲基始組合理論上可以形成三種一字豆型組合，這三類組合在實際中也均出現：

444 型基始組合——→字豆組合 544 型（即一字豆添加在首句，6 例）：

正豔杏燒林，緗桃繡野，芳景如屏。（木蘭花慢——坼桐花爛漫　柳永）

念征衣未擣，佳人拂杵，有盈盈淚。（水龍吟——霜寒煙冷蒹葭老　蘇軾）

漸霜風淒緊，關河冷落，殘照當樓。（八聲甘州——對瀟瀟暮雨灑江天　柳永）

有流鶯勸我，重解雕鞍，緩引春酌。（瑞鶴仙——悄郊園帶郭　周邦彥）

漸亭皋葉下，隴首雲飛，素秋新霽。（醉蓬萊——漸亭皋葉下　柳永）

歎年華一瞬，人今千里，夢沈書遠。（選冠子——水浴清蟾　周邦彥）

444 型基始組合——→字豆組合 454 型（即一字豆添加在首中，2 例）：

憑空眺遠，**見長空萬里**，雲無留跡。（念奴嬌——憑空眺遠　蘇軾）

黯黯離懷，**向東門繫馬**，南浦移舟。（漢宮春——黯黯離懷　晁沖之）

444 型基始組合——→字豆組合 445 型（即一字豆添加在首末，2 例）：

嫩菊黃深，拒霜紅淺，**近寶階香砌**。（醉蓬萊——漸亭皋葉下　柳永）

此際宸遊，鳳輦何處，**度管絃清脆**。（醉蓬萊——漸亭皋葉下　柳永）

總之，從常用百體的一字豆型組合的生成方式和生成數量看，領配原則具有相當程度的普遍性。

（2）我們可以證明，詞體 12 大句式組合都能作為基始組合形成相應的一字豆型組合。

雖然我們很難對全部句式進行一一檢驗，以證明它們都有能力形成領配型組合；但是，我們可以證明詞體 12 大句式都能作爲基始句式形成相應一字豆型組合或者領配型組合。並由此管中窺豹，見一般情況。詞體十二大句式組合包括 33 型、77 型、45 型、444 型、446 型、34 型、55 型、75 型、44 型、445 型、76 型、66 型等十二種組合。

（i）據上文《常用百體一字豆型組合與其基始組合對應表》，已有七種組合形成了相應的一字豆型組合，這七種組合分別是：**45** 型組合、**4**44 型組合、**4**46 型組合、**3**4 型組合、**7**5 型組合、**4**4 型組合以及 **4**45 型組合。

（ii）另外，常用百體出現了由 333 型基始組合形成的領配型組合「433 型」兩例：

但醉同行，月同坐，影同歸。（行香子——前歲栽桃　晁補之）

對林中侶，閒中我，醉中誰。（行香子——前歲栽桃　晁補之）

《六州歌頭》也出現 4333 型組合：

念腰間劍，匣中箭，空埃蠹，竟何成！（張孝祥《六州歌頭》）

這兩類複合型組合中都包含著 33 組合形成的「43 型」領配組合片段，這間接說明，「33 型」組合作爲基準組合形成領配型組合並無障礙。

（iii）剔除掉上述八種組合，還剩下四種組合：77 型、55 型、76 型、66 型。下面我們證明這四種組合也能夠形成相應的領配型組合或一字豆組合。我們只舉出其代表範例（以下舉例皆可見於洛文）。

①77 型基始組合——→一字豆型組合

如《滿江紅》第三韻段，77 型組合爲正體格式，以下爲一字豆變體：

柳永：　**可**惜許枕前多少意，**到**如今兩總無終始。

　　　　不會得都來些個事，甚恁底死難拼棄。

晁端禮：倒影芙蓉明鏡底，**更**折花嗅蕊西風裏。

趙鼎：　須信道消憂除是酒，**奈**酒行有盡情無極。

蘇軾：　**君**不見蘭亭修葺事，當時座上皆豪逸。

李昂英：萬里寒雲迷北斗，**望**遠峰夕照頻西顧。

耿時舉：念我身閒鷗樣度，**似**海山共去君應許。

又如《賀新郎》中 77 型組合的一字豆變體：

辛棄疾：不恨古人吾不見，恨古人不見吾狂耳。

劉過：把酒問春春不管，枉教人只恁空斷腸。

②55 型基始組合——→一字豆型組合

新春入舊年，綻梅萼一枝先。　（無名氏《慶金枝》）

③66 型基始組合———→一字豆型組合

堪惆悵紅塵千里，恨死撥浮名浮利。　（楊無咎《雨中花令》）

又是清明天氣，記當年小院相逢。　（趙長卿《畫堂春》

小梅香細豔淺。過楚岸尊前偶見。

愛閒淡天與精神，掠青鬢開人醉眼。

如今抛擲經春，恨不見芳枝寄遠。

向心上誰解相思，賴長對妝樓粉面。　（無名氏《鬢邊華》）

④76 型基始組合———→一字豆型組合

六朝舊事隨流水，但寒煙衰草凝綠。（王安石《桂枝香》）

天上星杓春又到。應律管微陽已報。

遲日曈朧光破曉。馥繡幄麝爐煙嫋。（晁端禮《惜分飛》）

又是天風吹淡月，佩丁東攜手西廂。（朱敦儒《促拍採桑子》）

彩絲皓腕宜清晝，更艾虎衫兒新就。（侯寘《杏花天》）

遙望碧天靜如歸，曳一縷清絲飄渺。（寇準《甘草子》）

狂風橫雨且相饒，又恐有彩雲迎去。（杜安世《胡搗練》）

人如雙鶴雲間舉，明月夜扁舟鶴處。（王庭珪《桃源憶故人》）

天涯芳草迷歸路，還又是匆匆春去。（吳潛《海棠春》）

從以上列舉看，我們證明了詞體中 77 型、55 型、76 型、66 型四種組合也能通過「領配」方式形成相應的另配型組合。其中，55 型組合的一字豆化較罕見，這可能與「一字豆＋五言」很容易與騷體與「四六文」中的六言「一二之二」節奏發生混淆，故而詞人皆有意迴避有關。

綜合來看，詞體十二大普通句式組合，皆能夠通過「領配」方式生成相應的一字豆型組合。詞體最常見的句式組合皆可以形成「領配」，依此類推，其他使用較少的普通組合也應該具有同樣性質。這可以充分說明領配方式對於句式組合形成的普遍意義。至於領配之後，普通組合變成了一字豆組合，其節奏方面發生的微妙變化，則需要更深入的研究來揭示。

三、詞體任何位置都有插入「領字」形成領配的潛力

從上文討論看，詞體的任何普通句式在理論上都可以添加「領字」形成「領字句」，詞體的任何普通組合在理論上都可以添加「領字」形成領配型組合。那麼，在實際詞的寫作中，這些情形能發生嗎？詞體使用領配原則需要什麼條件不？

關於這兩個問題，涉及的東西很多，背景複雜，我們首先要做一個澄清。從音樂的角度講，毫無疑問，這個問題不需要作太多說明——作爲歌詞，多一個領字與少一個領字，對於歌唱的影響不能說沒有，但也是微乎其微的，這可以從我們現在的歌辭創作情形看得很清楚，也可以從歷史上歌辭的實際創作情形和理論家的闡釋說明看得很清楚。歷史上對歌辭的增減字數現象有很明確的認識，如宋人沈義父和四庫全書的看法，見上述索引，就是典型代表。音樂對歌辭的字數事實上並無太多的限制——所以，我們首先澄清，本文所有的關於句式原則和詞體構成的論述，都不是從音樂的角度談論的，而是從詞體作爲文學形式的本身談論的。詞體固然是在樂譜的制約下形成的，但詞體的內在形式發展卻不是音樂控制的，而是文學形式本身的規律（如格律、節奏等）控制的——這是我們首先要明確的前提。在這一大前提下，我們回答上述兩個問題。

（一）在詞體寫作中，任何位置都可以插入「領字」形成領配

宋代關於這個問題其實已有很精闢的看法：

> 腔子多有句上合用虛字，如嗟字、奈字、況字、更字、又字、料字、想字、正字、甚字，用之不妨。如一詞中兩

> 三次用之，便不好，謂之空頭字。不若徑用一靜字，頂上道下來，句法又健，然不可多用。（沈義父《樂府指迷》）

當代對領字句有深入研究的洛地則通過大量實例斷言：

> 「一字領」係其後「本句」句式之「句前附加」，即「一字領」不入句式……「一字領」不入句式是「一字領」的根本性質。（《詞體構成·一字領——兼説詞體句式無所謂「句法」》〔註17〕

所謂「「一字領」不入句式」，其實表達的是「領字可以視詞體具體語境情況增減，所以不必把它看成是一成不變的固定結構成分」這樣一個意思。當然，這個表述在字義上存在問題，甚至這個問題可以引申到對詞體性質的誤解——一字領句式從音樂的角度看可以不入音樂，但從詞體來看絕對是要入句式的，一字領句式正是詞體形式的典型特徵，與普通句式形式了完全的區別，它所帶來的節奏和格律上的變化是不可估量的，因此從這個角度看絕不可以說一字領不入句式——我們並不贊同這個表達，但是我們贊同這個表達背後需要傳達的眞實意見。如果將這個表述修正一下，我們可以粗略地說「一字領不入樂句」，但這仍然只是近似的說法。

（二）領配原則的使用應視句群環境而定，意在增強句式的功能

領配原則可以隨時使用，其目的只有一個，就是能夠增強句式的表達功能。可以說，**能夠增強句式的表達功能是領配原則的唯一使用條件**。

關於這一點，可以引用洛地的研究結果作爲說明：

> 「一字領」係「本句」句式之「句前附加」。故，其所用文辭，亦與之相應，皆古代概念中之「虛字」，如：更、正、喜、卻、幸、甚、共、若、莫、故、再、想、與、指、把、到、過、在、有、奈、早、且、是、暗、只、歎、聽、

〔註17〕洛地：《詞體構成》，北京：中華書局2009，頁99。

見、已、忍、盡、又、對、看、乍、怎、算、倩、便、付、但、偶、首、向、似、任、幾、獨、待、愛、念、況、望、度、竟、問、恨、怕、寫、試、誤、記、被、遍、爲、半、漸、渾、料、總、數、定……句前附加「一字領」對於本句的作用，在於修飾本句、強化本句。或可分述爲三法：1.近於動詞用法……2.深刻本句辭意……略之亦無大傷……3.反襯而作跌宕。(《詞體構成・一字領——兼説詞體句式無所謂「句法」》〔註 18〕

觀看同一詞體對領配原則的選擇性運用，可以使我們更清楚地瞭解「在詞體中，「任何位置都可以插入「領字」形成領配」以及「**能夠增強句式的表達功能是領配原則的唯一使用條件**」的實際情形。

以《滿江紅》爲例。

《詞譜》以柳永詞爲正體，列《滿江紅》十四體，扣除掉因爲格律差別造成的一調異體，得到句式相互區別的體式 13 體（其中第二、第三體，《詞譜》認爲與柳永正體句法全同，只是格律差異，故得到句式相異的《滿江紅》12 體，其實不然，第二、第三兩體句法全同，但二者與柳永體在末句一字豆句法上相異，故句式相異的《滿江紅》應爲 13 體）。如果將下片首句理解爲分句押韻，則《滿江紅》全詞上下片從詞體結構來講當爲八大「韻」，八韻段。統計表明，幾乎各個韻段均出現了領配原則的運用，其標誌爲一字豆或領字的存在。

其具體情況如下（以下皆錄自《詞譜》原文，下劃線、著重號爲本文所加，以標示一字豆或領字，説明此處存在一字豆句式或一字豆組合）：

滿江紅

此調有仄韻、平韻兩體，仄韻詞，宋人填者最多，其體不一，今以柳詞爲正體，其餘各以類列。《樂章集》注仙呂調，高栻詞注南呂調；平韻詞，只有姜詞一體，宋元人俱如此填。

〔註 18〕洛地：《詞體構成》，北京：中華書局 2009，頁 102。

滿江紅　雙調九十三字，前段八句四仄韻，後段十句五仄韻　柳永

暮雨初收，長川靜征帆夜落。臨島嶼蓼煙疏淡，葦風蕭索。

幾許漁人橫短艇，盡將燈火歸村落。遣行客當此念回程，傷漂泊。

桐江好，煙漠漠。波似染，山如削。繞嚴陵灘畔鷺飛魚躍。

遊宦區區成底事，平生況有雲泉約。歸去來一曲仲宣吟，從軍樂。

·此調押仄聲韻者，以柳詞此體爲定格，若張詞之多押兩韻，戴詞之多押一韻，呂詞之減字，蘇、趙、辛、柳、杜詞之添字，以及葉詞之句讀異同，王詞之句讀全異，皆變格也……

又一體　雙調九十三字，前段八句五仄韻，後段十句六仄韻　張元幹

春水連天，桃花浪幾番風惡。雲乍起遠山遮盡，晚風還作。

綠遍芳洲生杜若。數帆帶雨煙中落。認向來沙觜共停橈，傷飄泊。

寒猶在，衾偏薄。腸欲斷，愁難著。倚篷窗無寐引杯孤酌。

寒食清明都過卻。可憐辜負年時約。想小樓日日望歸舟，人如削。

·此與柳詞同，惟前段第五句、後段第七句皆押韻異。　按，程珌「頗恨登臨」詞，前段第五、六句「當日臥龍商略處，秦淮王氣眞何許」，後段第七、八句「可笑唐人無意度，卻言此虎淩波去」，正與此同。

又一體　雙調九十三字，前段八句四仄韻，後段十句六仄韻　戴復古

赤壁磯頭，一番過一番懷古。想當時周郎年少，氣吞區宇。

萬騎臨江貔虎噪，千艘列炬魚龍怒。卷長波一鼓困曹瞞，今如許。

江上渡。江邊路。形勝地，興亡處。覽遺蹤勝讀史書言語。

幾度東風吹世換，千年往事隨潮去。問道傍楊柳爲誰春，搖金縷。

·此與柳詞同，惟換頭句多押一韻。　按，晁補之「莫話南征」詞，「清時事，羈遊意，盡付與，狂歌醉」，段克己詞，「活國手，談天口，都付與，尊中酒」，正與此同。　此詞後段第五、六句，作上三下六句法，宋詞如此者甚多，如柳詞別首之「盡思量，休又怎生休得」，周紫芝詞，「又何如，聊遣舞衣紅濕」，皆與此同。

又一體　雙調九十一字，前段八句四仄韻，後段十句五仄韻　呂渭老

燕拂危檣，斜日外數峰凝碧。正暗潮生渚，暮風飄席。
初過南村沽酒市，連空十頃菱花白。想故人輕箑障遊絲，聞遙笛。
魚與雁，通消息。心與夢，空牽役。到如今相見怎生休得。
斜抱琵琶傳密意，一襟新月橫空碧。問甚時同作醉中仙，煙霞客。

・此亦柳詞體，惟前段第三句減二字異。　按，程垓詞，「況人間元似，泛家浮宅」，呂本中詞，「對一川平野，數椽茅屋」，康與之詞，「正青春未老，流鶯方歇」，嚴羽詞，「正錢塘江上，潮頭如雪」，俱與此同。

又一體　雙調八十九字，前段七句四仄韻，後段十句五仄韻　呂渭老

晚浴新涼，風蒲亂松梢見月。庭陰盡暮蟬啼歇。
螢繞井闌簾入燕，荷香蘭氣供搖箑。賴晚來一雨洗遊塵，無些熱。
心下事，峰重疊。人甚處，星明滅。想行雲應在鳳凰城闕。
曾約佳期同菊蕊，當時共指燈花說。據眼前何日是西風，吹涼葉。

・此亦柳詞體，惟前段第三句減四字。按，呂詞別首「笑語移時」詞，「鮮明是、晚來妝飾」，正與此同。

又一體　雙調九十四字，前段八句四仄韻，後段十句五仄韻　蘇軾

東武南城，新堤固漣漪初溢。隱隱遍長林高阜，臥紅堆碧。
枝上殘花吹盡也，與君試向江邊覓。問向前猶有幾多春，三之一。
官裏事，何時畢。風雨外，無多日。相將泛曲水滿城爭出。
君不見蘭亭修禊事，當時坐上皆豪逸。到如今修竹滿山陰，空陳跡。

・此亦與柳詞同，惟後段第七句添一字。　按，蘇軾別首「憂喜相尋」詞，後段第七、八句「君不見、周南歌漢廣，天教夫子休喬木」，李嬰「荊楚風煙」詞，「君不見、淩煙冠劍客，何人氣貌長似舊」，正與此同。

又一體　雙調九十四字，前段八句四仄韻，後段十句五仄韻　趙鼎

慘結秋陰，西風送絲絲雨濕。凝望眼征鴻幾字，暮投沙磧。

欲往鄉關何處是，水雲浩蕩連南北。但修眉一抹有無中，遙山色。
天涯路，江上客。腸欲斷，頭應白。空搔首興歎暮年離隔。
欲待忘憂除是酒，奈酒行欲盡愁無極。便挽將江水入尊罍，澆胸臆。
・此亦與柳詞同，惟後段第八句添一字。　按，李昴英「薄冷催霜」詞，後段第七、八句「萬里寒雲迷北斗，望遠峰夕照類西顧」，正與此同。

又一體　雙調九十四字，前段八句四仄韻，後段十句五仄韻　辛棄疾
點火櫻桃，照一架酴醾如雪。春正好、見龍孫穿破紫苔蒼壁。
乳燕引雛飛力弱，流鶯喚友嬌聲怯。問春歸不肯帶愁歸，腸千結。
層樓望，春山疊。家何在，煙波隔。把古今遺恨向他誰說。
蝴蝶不傳千里夢，子規叫斷三更月。聽聲聲枕上勸人歸，歸難得。
・此亦與柳詞同，惟前段第三句添一字異。

又一體　雙調九十七字，前段八句五仄韻，後段十句六仄韻　柳永
萬恨千愁，將年少衷腸牽繫。殘夢斷酒醒孤館，夜長滋味。
可怕許枕前多少意。到如今兩總無終始。獨自個贏得不成眠，成憔悴。
添傷感，消何計。空只恁，厭厭地。無人處思量幾度垂淚。
不會得都來些子事。甚恁底抵死難拚棄。待到頭終久問伊著，如何是。
・此即「暮雨初收」詞體，惟前段第五、六句，後段第七、八句各添一襯字，又意字、事字皆押韻。

又一體　雙調九十四字，前段九句四仄韻，後段十句五仄韻　杜衍
無利無名，無榮無辱，無煩無惱。夜燈前獨歌獨酌，獨吟獨笑。
又值群山初雪滿，又兼明月交光好。便假饒百歲擬如何，從他老。
知富貴，誰能保。知功業，何時了。算簞瓢金玉所爭多少。
一瞬光陰何足道，但思行樂常不早。待春來攜酒殢東風，眠芳草。
・此詞見《花草粹編》，採之《言行錄》，即柳詞九十三字體，惟前段第一句平仄不同，第二句添一襯字、作四字兩句，若減去襯字，則「無榮辱無煩無惱」，仍是上三下四句法，便合調矣。

又一體　雙調九十一字，前段八句四仄韻，後段十句五仄韻　葉夢得

雪後郊原，煙林外梅花初坼。春欲半，猶自探春消息。
一眼平蕪看不盡，夜來小雨催新碧。笑去年攜酒折花人，花應識。
蘭舟漾，城南陌。雲影淡，天容窄。繞風漪十頃暖浮晴色。
恰似槎頭收釣處，坐中仍有江南客。問如何兩槳下苕溪，吞雲澤。
‧此亦與柳詞同，惟前段第三、四句作三字一句、六字一句異。

又一體　雙調九十一字，前段八句四仄韻，後段九句五仄韻　葉夢得

一朵黃花，先催報秋歸消息。滿芳枝凝露，爲誰裝飾。
便向尊前拚醉倒，古今同是東籬側。問何須特地賦歸來，抛彭澤。
回首去年時節。開口笑，眞難得。使君今那更，自成行客。
霜鬢不辭重插滿，他年此會何人憶。記多情曾伴小闌干，親攀摘。
‧此亦與柳詞同，惟後段起句，作六字一句異。

又一體　雙調九十二字，前段八句五仄韻，後段八句七仄韻　王之道

竹馬來迎，留不住寸心如結。歷湖濱須濡相望，近同吳越。
闕里風流今未滅，此行報政看期月。已驗康沂富國，千古曾無別。
多謝潤沾枯轍。令我神思清發。新命歡浹兩邦情愜。
明日西風帆卷席，高檣到處旌麾列。忽相思、吾當往，誰謂三山隔。
‧此詞前後段兩結及換頭句，句讀與諸家全異，譜中採入，以備一格。

又一體　雙調九十三字，前段八句四平韻，後段十句五平韻　姜夔

仙姥來時，正一望千頃翠瀾。旌旗與亂雲俱下，依約前山。
命駕群龍金作軛，相從諸娣玉爲冠。向夜深風定悄無人，聞佩環。
神奇處，君試看。奠淮右，阻江南。遣六丁雷電別守東關。
應笑英雄無好手，一篙春水走曹瞞。又怎知人在小江樓，簾影間。

將分析結果歸納成表即是：

表 7－14　詞譜載 14 體《滿江紅》八韻段領配使用

韻段	第一	第二	第三	第四	第五	第六	第七	第八
柳永詞		✓		✓		✓		
*張元幹*詞		✓		✓		✓		✓
*戴復古*詞		✓		✓		✓		✓
呂渭老詞		✓		✓		✓		✓
呂渭老詞				✓		✓		✓
蘇軾詞				✓			✓	✓
趙鼎詞		✓		✓		✓	✓	✓
辛棄疾詞	✓	✓		✓		✓		
柳永詞	✓		✓	✓			✓	✓
杜衍詞		✓		✓		✓		✓
葉夢得詞		✓		✓		✓		✓
葉夢得詞	✓	✓		✓		✓		✓
王之道詞	✓	✓						
姜夔詞	✓			✓		✓		✓

注：其中斜線兩體，句系句法完全相同。

從詞譜歸納看，《滿江紅》句系對領配原則的使用可謂豐富多彩。

首先，八大韻段只有下片首韻段沒有用到一字豆句式，其他七大韻段都出現了靈活多變的領配組合；

其次，某些地方領配組合已凝成固定格式，爲各家所遵循，如第四、八韻段的「83 型領配組合」，第六韻段的「54 型領配組合」，幾成各體定式；

再次，某些地方以普通組合爲主，但作者仍會根據需要添加一字豆形成領配型組合，如第七韻段最爲典型，其基本格式爲「77 型」普通組合，但柳永、趙鼎、李昂英等則靈活使用了一字豆「77 型組合」；

第四，某些地方的句式尚未完全約定，有人用到一字豆，有人則沒有，如首韻段中的「34 型七言」與次韻段的情況。

總之，從詞譜所載《滿江紅》各體，我們能直觀地感受到領配原則在詞體中的實際應用情況；並深刻認識「詞體任何位置都可以插入「領字」形成領配」以及**「能夠增強句式的表達功能是領配原則的唯一使用條件」**這兩個重要結論。

四、小結

本小節通過歸納法證明：各言詞體句式都可以通過「領配原則」形成相應的領字句；以十二大句式組合爲核心的詞體普通組合都可以通過「領配原則」形成相應一字豆型組合或領配型組合；並進一步從理論上得出「詞體任何位置都可以插入「領字」形成領配」以及**「能夠增強句式的表達功能是詞體領配原則的唯一使用條件」**這兩個重要結論；由此說明領配原則對詞體形式構成的普遍意義。

【本章小結】

本章研究了疊配原則、節配原則、領配原則的在詞體中的泛化以及它們與詞體構成的具體關係；同時將研究結果延伸到中國所有的詩歌體式。研究結果表明：

1、「疊配原則」不僅在詞體的句式組合層面發生作用，而且其作用能夠泛化到詞體的宏觀構成層面，對部份詞體的整體構成起著控制作用。「疊配原則」控制詞體的宏觀構成有三個表現，一是出現少量齊言詞，二是出現大量類齊言詞，三是出現「片齊言」。齊言詞、類齊言詞借助疊配方式，通過別格律、調雙調、換句式、添雜言等一系列手段，最終形成自己與齊言詩各完全不同的體式特徵。同時，疊配原則也是中國齊言詩的基本體式結構原則。

2、節配原則不僅僅是中國古典詩歌句式組合的基本原則，而且也是古典詩文體系形式構造的最基本原則之一，對騷體體式的形成，四六文體的形成，以及一半以上詞體體式的形成，具有決定作用。

3、領配原則對詞體的宏觀形式構成也具有普遍意義。在詞體中，各言句式都可以通過「領配原則」形成相應的領字句；詞體的普通組合都可以通過「領配原則」形成相應一字豆型組合或領配型組合；從理論上講，「詞體的任何位置都可以插入「領字」形成領配」，「能夠增強句式的表達功能是詞體使用領配原則的唯一條件」。

第八章　韻段組織規律研究

本章研究詞牌的宏觀格律構成，通過研究揭示隱含於千餘詞牌中的重要格律規律——疊式律。本章研究在詞學史上具有里程碑意義，將對詞學研究包括詞文本研究、作家研究以及詞牌接受研究產生深刻影響，引發人們重審詞史面貌和重估詞學方向的興趣。

第一節　略述詞中四種常見的自我重複傾向：叶韻、重章疊唱、疊句、「疊式律」

我很早就注意到詞的聲律組織形式具有一種不斷自我重複的傾向。

叶韻自然是最常見的自我重複傾向。由於叶韻不僅僅是詞的注意重點，同時也是古典詩歌的注意重點，在古典詩歌中得到了充分討論，本文此處不再贅說。詞的叶韻對古體詩的重要發展，我們也把它留到後文單獨討論。

叶韻外，詞的不斷自我重複的一個顯而易見的例子是重章疊唱。作爲歌曲最普遍的組織形式，重章疊唱遍及最古老的民歌到現代的流行歌曲。如兩千五百年前的民歌：

采采芣苡，薄言采之。采采芣苡，薄言有之。
采采芣苡，薄言掇之。采采芣苡，薄言捋之。

采采芣苡，薄言袺之。采采芣苡，薄言襭之。

（《詩經——周南——芣苡》）

以重複搖曳的筆調描摹婦女採摘車前子的勞動場景，生動淳樸的意味，瀟散悠然的調子，如清方玉潤《詩經原始》所評「試平心靜氣，涵詠此詩，恍聽田家婦女，三三五五，於平原繡野，風和日麗中，群歌互答，餘音嫋嫋，若遠若近，忽斷忽續，不知其情之何以移，而神之何以曠，則此詩可不必細繹而自得其妙焉」〔註1〕，已經是對重章疊唱的純熟運用。兩千五百年前士大夫的歌唱也採用同樣手法，如描述喪國之恨：

彼黍離離，彼稷之苗。行邁靡靡，中心搖搖。知我者謂我心憂，不知我者謂我何求。悠悠蒼天，此何人哉！

彼黍離離，彼稷之穗。行邁靡靡，中心如醉。知我者謂我心憂，不知我者謂我何求。悠悠蒼天，此何人哉！

彼黍離離，彼稷之實。行邁靡靡，中心如噎。知我者謂我心憂，不知我者謂我何求。悠悠蒼天，此何人哉！

《詩經・王風——黍離》

歌曲一搖三曳，一唱三歎，有長歌當哭之悲，有撕心裂肺之痛，重章的演繹與如癡如醉的情感相契合，將一段難以言傳的往事表現得動魄驚心。當代的歌曲，也喜歡運用同樣的方式。民歌如：

掀起了你的蓋頭來，讓我看你的眉毛。你的眉毛細又長呀，好像那樹梢彎月亮。你的眉毛細又長呀，好像那樹上的彎月亮。

掀起了你的蓋頭來，讓我看你的眼睛。你的眼睛明又亮呀，好像那秋波一模樣。你的眼睛明又亮呀，好像那秋波一模樣。

掀起了你的蓋頭來，讓我看你的臉兒。看看你的臉兒紅又圓呀，好像那蘋果到秋天。你的臉兒紅又圓呀，好像那蘋果到秋天。

（王洛賓《掀起你的蓋頭來》）

〔註1〕清方東潤撰、李先耕點校：《詩經原始》，中華書局1986年版，頁85。

創作歌曲如：

素胚勾勒出青花，筆鋒濃轉淡。瓶身描繪的牡丹，一如你初妝。冉冉檀香透過窗，心事我了然。宣紙上走筆至此擱一半。釉色渲染仕女圖，韻味被私藏。而你嫣然的一笑，如含苞待放。你的美一縷飄散，去到我去不了的地方。

天青色等煙雨，而我在等你。炊煙嫋嫋升起，隔江千萬里。在瓶底書漢隸，仿前朝的飄逸。就當我爲遇見你伏筆。

天青色等煙雨，而我在等你。月色被打撈起，暈開了結局。如傳世的青花瓷自顧自美麗。你眼帶笑意。

色白花青的錦鯉，躍然於碗底。臨摹宋體落款時，卻惦記著你。你隱藏在窯燒裏，千年的秘密。極細膩猶如繡花針落地。簾外芭蕉惹驟雨，門環惹銅綠。而我路過那江南，小鎮惹了你。在潑墨山水畫裏 你從墨色深處被隱去。

天青色等煙雨，而我在等你。炊煙嫋嫋升起，隔江千萬里。在瓶底書漢隸，仿前朝的飄逸。就當我爲遇見你伏筆。

天青色等煙雨，而我在等你。月色被打撈起，暈開了結局。如傳世的青花瓷自顧自美麗。你眼帶笑意。

天青色等煙雨，而我在等你。炊煙嫋嫋升起，隔江千萬里。在瓶底書漢隸，仿前朝的飄逸。就當我爲遇見你伏筆。

天青色等煙雨，而我在等你。月色被打撈起，暈開了結局。如傳世的青花瓷自顧自美麗。你眼帶笑意。

（《青花瓷（方文山詞，周傑倫曲）》）

尤其是後者，樂章的重複更複雜，更參差婉轉，結構上的複調與情感上的撲朔迷離配合得更緊密，更能引人入勝。

作爲歌曲，重章疊唱的重要性不言而喻。但重章進入「詞」，從現存文獻看，卻經歷了一個較漫長的階段。最開始流行的唐詞如花間集尊前集南唐詞等，均以單片小令爲主，也許在歌曲時是要疊唱的，我們不得而知，但在「詞」的層面上重章，則並不自覺。自覺用重章制雙調詞，並且形成規模，大概是到宋以後了。一旦雙調進入宋詞，就獲得了前所未有的成功，不僅新創的詞體多用雙調，就連原來如《憶江南》等單疊小令，也紛紛被改造成雙疊詞。談到這一變化時，洛地曾肯定地說：

> 詞到南宋，「單章調」已少有人作。按我們的統計，在《全宋詞》所收「兩章調」中，兩章各兩韻段的「令」調，有284……——占宋人使用詞調總數842調的33.7%，占「兩章調」(令、破、慢)合計數776調的33.6%……「單調章」，在《全宋詞》內爲26調，不到「兩章」的「令」調的十分之一，僅占宋人使用詞調總數842調的3%。又者，如果對「單章調」考察得稍仔細一些，按後世眾家詞譜所收七十上下個所謂「單章調」，其中：唐宋「曲」(即未成熟可爲詞者)如《回波》、《舞馬》、《九張機》、《字字雙》之類二十餘；元「北曲」如《慶宣和》、《梧葉兒》、《憑闌人》、《壽陽曲》、《天淨沙》、《鸚鵡曲》等十餘；又有原本非曲非詞的，如《清平調》、《花非花》等；能稱得上是詞中「單章調」的，大致也就是宋人所用的二十來個罷了。更具實質意義的是，26個「單章調」除了以單章爲篇外，並未形成有可作爲一「類」的穩定的規範的結構特徵。也就是，「單章調」，從詞之爲詞，無論在結構上還是在數量上，都不能與詞成熟地發展之後的「令」、「慢」、「破」相併列二成爲詞調的一個「類別」。〔註2〕

同書中，作者甚至很肯定地認爲「兩章調」乃宋詞成熟的標誌：

> 「詞」，格律化之長短句，爲我國民族古典韻文的最高門類，大成於宋。其標誌，在其「兩章調」成熟地規範。據《全宋詞》，宋人使用詞調有存作可察其結構者842，內：兩章調構成的詞調776，占92.2%；爲詞調的主體。〔註3〕

〔註2〕洛地：《詞體構成》，北京：中華書局2009年版，頁196～197。
〔註3〕洛地：《詞體構成》，北京：中華書局2009年版，頁205。

洛地的觀點盡可商榷，但關於重章疊唱這種重複形式對詞的重要性由此可見一斑了。

重章疊唱發生在詞的詩段之間。除了這種重複外，還有一種常見的是發生在詞的詩段內部的自我重複，我們稱它爲疊句。如最著名的李白《憶秦娥》中的重複：

簫聲咽，秦娥夢斷**秦樓月**。**秦樓月**，年年柳色，灞陵傷別。

樂遊原上清秋節，咸陽古道**音塵絕**。**音塵絕**，西風殘照，漢家陵闕。

關於這種重複的來源，最容易引起人們音樂上的探討，但無論是以沈括的和聲說、朱熹的泛聲說或者是其他什麼學說來解釋這種自我重複現象，我們必須注意到一個不可更改的事實：文辭本身的重要性並不亞於其所曾經「依附「的音樂，後人能夠從這首詞中感受到的，是文辭重複而帶來的語言審美體驗，而不必再是音樂的感動。換句話說，「疊句」聲律上的重複已經取得了獨立於音樂的地位，我們在談論它時，甚至已經不必顧忌其音樂屬性了。這第二種情況的重複，《欽定詞譜》中稱爲「疊韻」，在詞的「常用百體」中還可以找到五例，它們分別是：

十二時（禪門十二時）

夜半子，夜半子。眾生重重縈俗事。不能禪定自觀心，何日得悟眞如理。豪強富貴暫時間，究竟終歸不免死。非論我輩是凡塵，自古君王亦如此。

如夢令　後唐・莊宗

曾宴桃源深洞。一曲舞鸞歌鳳。長記別伊時，和淚出門相送。**如夢**。**如夢**。殘月落花煙重。

長相思　白居易

汴水流。**泗水流**。流到瓜州古渡頭。吳山點點愁。

思悠悠。**恨悠悠**。恨到歸時方始休。月明人倚樓。

五更轉（維摩五更轉）

一更初，一更初。醫王設教有多途。維摩權疾徙方丈，蓮花寶相坐街衢。

風流子　孫光憲

樓依長衢欲暮。瞥見神仙伴侶。微傅粉，攏梳頭，隱映畫簾開處。**無語**。**無緒**。慢曳羅裙歸去。

上述兩種重複傾向在詞中是常見的，其效果也是顯而易見的。下面要討論的一種重複傾向卻不是那麼容易觀察到的；甚至可以說，到目前爲止，基本上沒有研究者覺察到它的存在——但卻是對詞有關鍵意義的現象。本文下面將重點討論這類發生在詞中的更隱秘的重複現象——一些與格律緊密相關不大容易被人注意到的重複現象。

我們首先來看一首詞：晏殊的《浣溪沙》。這首詞大家最熟悉不過。說它最熟悉，首先，它所據的詞牌，是唐宋金元人填詞最多的詞牌，用時髦的話說，就是「詞牌之王」；其次，在一千多首《浣溪沙》中，它是公認的名作，單從藝術上看，幾乎要算是最好的作品。就在這樣一首大家耳目能詳的作品，卻隱含著一種大家並不熟悉的規律。當然，這樣一首在藝術上取得巨大成功的作品，最初吸引我注意的毫無例外也是它的文辭，即那句「無可奈何花落去，似曾相識燕歸來」帶來的奇特意境。但隨著吟誦的增多，它在音韻上的纏綿特性也逐漸吸引了我，使我漸漸注意到了它的格律上的特殊之處。

一曲新詞酒一杯，去年天氣舊亭臺。夕陽西下幾時回？
（仄仄平平仄仄平，仄平平仄仄平平。仄平平仄仄平平）
無可奈何花落去，似曾相識燕歸來。小園香徑獨徘徊。
（仄仄平平平仄仄，仄平平仄仄平平。仄平平仄仄平平）
——晏殊《浣溪沙》

大家注意加點詩句的格律關係——四處格律形式完全一樣，也就是說，其格律是完全重複的。我們知道，重複是一種有意味的形式，有意味的形式總是伴隨著特殊的效果。一首詩歌出現這麼多重複，它在聲律上的效果可想而知，這就很能解釋爲什麼一首詞在吟誦時會是那樣纏綿動人的了。

表現在晏殊《浣溪沙》中的格律重複傾向是獨特的。那麼，這種獨特的格律重複傾向在詞中出現是偶然的嗎？

大概在 2009 年夏天的一次返校途中，我躺在火車上，思考著一些關於詩歌「竹竿律」的奇怪的問題，當時手邊沒有資料，我突發奇想，隨手排比，在稿紙上劃起了一些能夠記憶出的詞的格律。於是，陸續在其他詞中又發現了下面一些格律重複現象：

江南好，**風景舊曾諳**。日出江花紅勝火，春來**江水綠如藍**。**能不憶江南**？

（平平仄，**平仄仄平平**。仄仄平平平仄仄，平平**平仄仄平平**。**平仄仄平平**）

——白居易《憶江南・江南好》

驛外斷橋邊，**寂寞開無主**。已是黃昏獨自愁，**更著風和雨**。

（仄仄仄平平，**仄仄平平仄**。仄仄平平仄仄平，**仄仄平平仄**）

無意苦爭春，**一任群芳妒**。零落成泥碾作塵，**只有香如故**。

（仄仄仄平平，**仄仄平平仄**。平仄平平仄仄平，**仄仄平平仄**）

——陸遊《卜算子・詠梅》

明月幾時有，**把酒問青天**。不知天上宮闕，**今夕是何年**？

（仄仄仄平仄，**仄仄仄平平**。仄平平仄平仄，**平仄仄平平**）

我欲乘風歸去，又恐瓊樓玉宇，**高處不勝寒**。起舞弄清影，**何似在人間**！

（仄仄平平平仄，仄仄平平仄仄，**平仄仄平平**。仄仄仄平仄，**平仄仄平平**）

轉朱閣，低綺户，**照無眠**。不應有恨，何事**長向別時圓**？

（仄平仄，平仄仄，**仄平平**。仄平仄仄，仄仄**平仄仄平平**。）

人有悲歡離合，月有陰晴圓缺，**此事古難全**。但願人長久，**千里共嬋娟**。

（平仄平平平仄，仄仄平平平仄，**仄仄仄平平**。仄仄平平仄，**平仄仄平平**。）

——蘇軾《念奴嬌——赤壁懷古》

東南形勝，三吳都會，**錢塘自古繁華**。煙柳畫橋，風簾翠幕，參差**十萬人家**。

（中平平仄，中平平仄，中平仄仄平平。中仄中平，中平中仄，中平仄仄平平）

雲樹**繞堤沙**。怒濤卷霜雪，**天塹無涯**。市列珠璣，户盈羅綺，**競豪奢**。

（中仄仄平平。仄平仄平仄，中仄平平。中仄平平，仄平平仄，仄平平）

重湖疊巘清**嘉**。有三秋桂子，**十里荷花**。羌管弄晴，菱歌泛夜，嬉嬉釣叟**蓮娃**。

（中平中仄平平。仄中平中仄，中仄平平。中仄中平，中平中仄，中平中仄平平）

千騎擁高牙。乘醉聽簫鼓，**吟賞煙霞**。異日圖將好景，**歸去鳳池誇**。

（中仄仄平平。仄仄平中仄，中仄平平。中仄平平中仄，中仄仄平平）

——柳永《望海潮》

我記得當時大約排比了約有十來首詞，每一詞中均出現了程度不同的格律重複傾向。這種格律自我重複的現象深深地映入了我的腦海。老實說，當時雖只是一些模糊的想法，並未形成明確認識——因爲當時還出現了一些例外，如很多隔句押韻、換韻情況，如《念奴嬌》中出現的格律不規整情況，還有其他一些有趣卻比較複雜的格律相對相黏情況，干擾了我的視線——但毫無疑問，我一開始就覺察到了這一現象的重要性。

2009 年 10 月，在博士論文開題前後，我開始明確意識到，詞中有明確的格律相對相重現象。這一認識一方面來源於對律詩對仗規律的更深入認知，另一方面則來源於對詞作本身格律規律的感性認識。受龍榆生《詞曲概論》中「同聲相應」「異聲相從」「奇偶相生」「輕重想權」法則〔註 4〕的啓示，我開始將發生在詩詞中的這些格律規律歸納爲「相對原則」、「相重原則」和「相黏原則」。我甚至能夠確定，詞的格律必然就是受制於這幾個簡單的原則。但是，對於「黏」「對」「重」可能發生的位置及具體情況，仍不十分清楚。現在看來這種不清楚是必然的，因爲當時並不知道，在一首詞的一個韻段內部，單句間的格律關係從總體上看是完全隨機的，既可以是「黏」，也可以是「對」，也可以是「重」，這取決於創始人的天才直觀，很難從中歸納出單一規律來。而韻段與韻段之間的格律關係，相反倒簡單得多。

2010 年 9 月，當我重新開始審視這些具有重複傾向的現象時，

〔註 4〕龍榆生：《詞曲概論》，北京：北京出版社，2004，頁 226～227。

我突然意識到**詩歌的押韻位置對於重複現象的重要性**。這一發現使我赫然開朗。之前關於詞的格律最重要的疑問也就迎刃而解了。爲了使大家能夠看得更清楚，我將上述幾個詞牌的格律重複情況重新標示如下：

一曲新詞酒一杯，**去年天氣舊亭臺**。

夕陽西下幾時回？

無可奈何花落去，**似曾相識燕歸來**。

小園香徑獨徘徊。

——晏殊《浣溪沙》

江南好，**風景舊曾諳**。

日出江花紅勝火，春來**江水綠如藍**。

能不憶江南？

——白居易《憶江南・江南好》

驛外斷橋邊，**寂寞開無主**。

已是黃昏獨自愁，**更著風和雨**。

無意苦爭春，**一任群芳妒**。

零落成泥碾作塵，**只有香如故**。

——陸遊《卜算子・詠梅》

明月幾時有，**把酒問青天**。

不知天上宮闕，**今夕是何年**？

我欲乘風歸去，又恐瓊樓玉宇，**高處不勝寒**。

起舞弄清影，**何似在人間**！

轉朱閣，低綺户，**照無眠**。

不應有恨，何事**長向別時圓**？

人有悲歡離合，月有陰晴圓缺，**此事古難全**。

但願人長久，**千里共嬋娟**。

——蘇軾《念奴嬌——赤壁懷古》

東南形勝，三吳都會，錢塘自古繁華。
煙柳畫橋，風簾翠幕，參差十萬人家。
雲樹繞堤沙。
怒濤卷霜雪，天塹無涯。
市列珠璣，户盈羅綺，競豪奢。
重湖疊巘清嘉。有三秋桂子，十里荷花。
羌管弄晴，菱歌泛夜，嬉嬉釣叟蓮娃。
千騎擁高牙。
乘醉聽簫鼓，吟賞煙霞。
異日圖將好景，歸去鳳池誇。

——柳永《望海潮》

從上述標示，大家能夠清楚地看到，在這幾首詞中，所有的格律自我重複現象，都發生在押韻位置——即「韻段末句」。這一結論意味著什麼呢？這一結論意味著，在這幾首詞中，每一個押韻位置的句子——「韻段末句」，不僅僅在韻腳上具有一種「同聲相應」關係，而且在整個句式層面都有一種「同聲相應」關係。句式層面的「同聲相應」，意味著整首詞的聲音都被一個龐大的「同聲相應」和聲體系所控制，一個複雜的音韻系統由於這一特性而凸顯出了統一的強有力的聲音特徵——這是與律詩完全不同是聲律規律！

這的確是一個重要發現。我們回頭對比一下發生在律詩押韻位置的情況，就能夠看到其中的區別。以五言律詩爲例，五言律詩共有四種理論類型，其押韻位置的格律情況分別如下：

仄平平仄仄，平仄仄平平。
仄仄平平仄，平平仄仄平。
仄平平仄仄，平仄仄平平。
仄仄平平仄，平平仄仄平。

——平起〔註5〕首句不押韻五律

平平仄仄平。

平仄仄平平。

仄仄平平仄，平平仄仄平。

仄平平仄仄，平仄仄平平。

仄仄平平仄，平平仄仄平。

——平起首句押韻五律

仄仄平平仄，平平仄仄平。

仄平平仄仄，平仄仄平平。

仄仄平平仄，平平仄仄平。

仄平平仄仄，平仄仄平平。

——仄起首句不押韻五律

平仄仄平平。

平平仄仄平。

仄平平仄仄，平仄仄平平。

仄仄平平仄，平平仄仄平。

仄平平仄仄，平仄仄平平。

——仄起首句押韻五律

我們看到，律詩中的押韻句與上述詞明顯不同：它不是統一使用一種格律，而是在交替使用兩種不同類型的格律。

如果我們從理論上分析一下這兩種發生在詞中和發生在律詩中的不同狀況，我們更容易理解這一差別。根據律句的概念，每類句式都擁有四種律句，以韻腳表示則分別是：n 平平，n 仄平，n 平仄，n 仄仄。如果假定押韻句皆爲律句，則在平韻詩詞中，顯然押韻句的格律只有兩種選擇：n 平平，n 仄平。但正是在這個選擇上，律詩和上述幾首詞發生了巨大的分歧：**律詩的押韻句——「韻段末句」顯然選**

〔註5〕「平起」、「仄起」皆以第二字（即偶位節奏點）爲判斷，以下皆同。

擇了兩種格律類型的交替使用；而上述幾種詞的押韻句——「韻段末句」，則傾向於選擇重複使用其中一種格律。爲了以示兩種聲律運用的區別，我們不妨將律詩中的這種規律稱爲「交替律」，而將詞中的對應規律稱爲「重疊律」。或者對應律詩的組織規律「黏式律」和「對式律」，我們不妨將發生在詞中的這個規律命名爲「疊式律」。重疊律和疊式律，只是同樣一個規律不同角度的敘述。

由以上分析，我們現在總結一下。出現在詞中至少有四個重要的自我重複傾向：叶韻；「重章疊唱」；段內「疊句」；押韻句的「疊式律」。從結構上看，這四種重複都屬於詞的組織形式的自我重複；從功能上看，它們則表現爲詩歌聲音的自我重複。以前，我們曾討論過，聲律有四大基本原理：「節奏原理」「復現原理」「協對原理」「側重原理」，很顯然，詞中這三個重要的重複傾向，都與「複沓原理」相關，是由「復現原理」派生出的同性質的聲律規律。

那麼，我們禁不住要問，發生在上述詞中的這種押韻句——「韻段末句」的格律重複現象，也同樣發生在其他詞牌中嗎？換句話說，押韻句的「同聲相應」現象，有多大的普遍意義？或者再直接一點問，就是：「韻段末句」的「疊式律」是詞的普遍規律嗎？

第二節　詞的韻段組織規律——「疊式律」證考

上一節，在幾首詞中，我們發現了一類特殊的格律重複現象，即詞的押韻句格律彼此重複的現象。我們認識到這是詞的韻段組合的一種特殊規律，並將之命名爲「疊式律」。在此基礎上，我們提出了一個問題：「疊式律」是詞的普遍規律嗎？本節，我們來討論這個問題。

我們以詞的「百體句系」爲考察對象，將「句系」分爲平韻、仄韻、平仄混韻三類，詳細考察每一「句系」押韻句（韻段末句）間的格律關係。爲觀察方便，我們將考察結果製成表格。

表8－1　百體句系押韻句（韻段末句）格律關係考察

常用百體	存詞排名	句系	韻段末句間格律關係
平韻詞			
訴衷情	38	7－5－65|33－3－444	平（平平疊）
望江南	2	定 35－77－5	平（平平疊）
水調歌頭	4	定 55－47－665－55|333－47－665－55	平（平平疊）
臨江仙	9	定 76－7－7|重	平（平平疊）
滿庭芳	10	定 446－45－634－345|544－36－634－345	平（平平疊）
南歌子	22	定 55－5－53	平（平平疊）
朝中措	29	定 7－5－66|444－66	平（平平疊）
江城子	24	定 7－3－3－45－733	平（平平疊）
浪淘沙	32	定 5－4－7－74|重	平（平平疊）
八聲甘州	50	定 85－544－65－54|654－55－3435－344	平（平平疊）
行香子	57	▲44－7－44－433|447－44－433	平（平平疊）
風入松	59	定 7－4－734－66|重	平（平平疊）
聲聲慢	62	定 446－64－634－354|636－64－634－354	平（平平疊）
導引	65	定 45－5－75|7－5－75	平（平平疊）
眼兒媚	66	▲7－5－444|75－444	平（平平疊）
漢宮春	72	定 454－64－434－346|654－64－434－346	平（平平疊）
少年遊	75	▲7－5－445|75－445	平（平平疊）
五陵春	78	定 75－7－5|重	平（平平疊）
五更轉	79	★33－7－77	平（平平疊）
望海潮	85	定 446－446－5－54－443|654－446－5－54－65	平（平平疊）

<table>
<tr><td>人月圓</td><td>88</td><td>定 75－444|444－444</td><td>平（平平疊）</td></tr>
<tr><td>滿路花</td><td>96</td><td>定 55－7－45－564|65－7－45－546</td><td>平（平平疊）</td></tr>
<tr><td>戀繡衾</td><td>100</td><td>▲7－34－333－4|734－333－4</td><td>平（仄平疊）</td></tr>
<tr><td>水鼓子</td><td>98</td><td>定 7－7－77</td><td>平 1（平平疊）【首句七言例外】</td></tr>
<tr><td>浣溪沙</td><td>1</td><td>▲7－7－7|77－7</td><td>平 1（平平疊）【首句七言例外】</td></tr>
<tr><td>漁父</td><td>46</td><td>定 7－7－33－7</td><td>平 1（平平疊）【首句七言例外】</td></tr>
<tr><td>木蘭花慢</td><td>23</td><td>定 533－544－2－48－66|2－4－33－364－2－48－66</td><td>平 1（平平疊）</td></tr>
<tr><td>柳梢青</td><td>36</td><td>定 4－44－444|6－34－444</td><td>平 1（平平疊）</td></tr>
<tr><td>小重山</td><td>47</td><td>定 7－53－7－35|5－53－7－35</td><td>平 1（平平疊）【首句例外】</td></tr>
<tr><td>採桑子</td><td>38</td><td>定 74－4－7|重</td><td>平 2（平平疊）【兩片末句對稱例外】</td></tr>
<tr><td>太常引</td><td>56</td><td>§7－5－5－34|445－5－34</td><td>平 2（平平疊）【兩片末句對稱例外】</td></tr>
<tr><td>一翦梅</td><td>68</td><td>定 7－44－744|重</td><td>平 2（平平疊）【兩片首句對稱例外】</td></tr>
<tr><td>糖多令</td><td>81</td><td>定 5－5－34－733|重</td><td>平 2（平平疊）【兩片首句對稱例外】</td></tr>
<tr><td>長相思</td><td>43</td><td>★33－7－5|重</td><td>平 2（仄平疊）【下片「疊韻」處例外】</td></tr>
<tr><td>鷓鴣天</td><td>3</td><td>定 7－7－77|33－7－77</td><td>平 3</td></tr>
<tr><td>沁園春</td><td>11</td><td>定 444－5444－447－354|6－35－5444－447－354</td><td>平 3</td></tr>
<tr><td>阮郎歸</td><td>40</td><td>定 7－5－7－5|33－5－7－5</td><td>平（交替疊）</td></tr>
<tr><td>楊柳枝</td><td>48</td><td>定 7－7－77</td><td>平（交替疊）</td></tr>
<tr><td>瑞鷓鴣</td><td>47</td><td>定 77－77|77－77</td><td>平（交替疊）</td></tr>
<tr><td>憶王孫</td><td>76</td><td>定 7－7－7－3－7</td><td>平（交替疊）</td></tr>
<tr><td>搗練子</td><td>86</td><td>定 33－7－77</td><td>平（交替疊）</td></tr>
</table>

仄韻詞			
念奴嬌	5	定 454－76－445－46∣645－76－445－46	仄（平仄疊）
卜算子	26	定 55－75∣重	仄（平仄疊）
好事近	27	定 56－65∣75－65	仄（平仄疊）
如夢令	25	★6－6－56－22－6	仄（平仄疊）
生查子	37	定 55－55∣重	仄（平仄疊）
憶秦娥	41	定 3－7－3－44∣7－7－3－44	仄（平仄疊）
醉蓬萊	60	定 544－45－445－444∣4444－45－445－444	仄（平仄疊）
千秋歲	73	定 4－5－33－55－37∣5－5－33－55－37	仄（平仄疊）
一落索	87	定 6－4－75∣重	仄（平仄疊）
玉樓春	18	定 7－7－77∣重	仄（仄仄疊）
點絳唇	14	定 47－4－5∣45－3－4－5	仄 1（平仄疊）
鵲橋仙	33	定 446－734∣重	仄 1（平仄疊）
洞仙歌	42	定 45－7－3636∣547－5434－3536	仄 1（平仄疊）
醉落魄	51	定 4－7－7－45∣7－7－7－45	仄 1（平仄疊）
永遇樂	63	定 444－445－446－346∣446－445－446－344	仄 1（平仄疊）
桃源憶故人	70	定 7－6－6－5∣重 1	仄 1（平仄疊）
祝英臺近	74	定 335－45－6434∣3－65－45－6434	仄 1（平仄疊）
蘇武慢	90	定 446－446－644－544∣3446－446－464－56	仄 1（平仄疊）
鸚鵡曲	94	§7－7－346∣346－3434	仄 1（平仄疊）
滿江紅	8	定 434－344－77－353∣33－33－54－77－353	仄 2（平仄疊）【兩片首句例外】
賀新郎	16	定 5－344－76－34－735－33∣7－344 重	仄 2（平仄疊）【兩片第三句例外】
踏莎行	19	定 44－7－77∣重	仄 2（平仄疊）【兩片首句例外】
感皇恩	44	定 54－7－46－53∣44－7－46－53	仄 2（平仄疊）【兩片首句例外】

青玉案	45	定 7－33－7－44－5｜7－7－7－44－5	仄 2（平仄疊）【兩片第三句例外】
紅窗迥	77	定 3－3－54－6－5｜754－6－5	仄 2（仄仄疊）【兩片第三句例外】
水龍吟	28	定 76－444－444－5433｜6－34－444－444－544	仄 2（平仄疊）【下片首句小韻及第 3 句例外】
花心動	93	§436－446－734－344｜6－36－446－734－36	仄 2（平仄疊）【下片首句小韻及尾句例外】
蝶戀花	12	定 7－45－7－7｜重	仄（交替疊）
漁家傲	20	定 7－7－7－3－7｜重	仄（交替疊）
驀山溪	34	定 45－534－45335｜重	仄（交替疊）
蘇幕遮	55	定 33－45－7－45｜重	仄（交替疊）
天仙子	89	定 7－7－73－3－7	仄（交替疊）
謁金門	31	定 3－6－7－5｜6－6－7－5	仄（兩句交替疊）
燭影搖紅	82	定 47－75｜｜6－34－444	仄（兩片交替疊）
十二時	30	★33－7－77｜77－77	仄（5 平仄＋3 仄仄）bbBB｜｜BbBB
摸魚兒	35	§ 346 － 76 － 3 － 37 － 4 － 545｜36－6－76－3－37－4－545	仄（8 平仄＋5 仄仄）BBbBbB｜｜bBBbBbB
齊天樂	52	定 76－446－4－54－47｜654－446－4－54－45	仄（6 平仄＋4 仄仄）BBbBB｜｜BbbBb
瑞鶴仙	53	定 5－36－5－36－4－34－544｜644－4－33－366－5－6	仄（5 平仄＋8 仄仄）bbBBbbB｜｜BbBbbb
霜天曉角	67	定 4－5－633｜2－3－5－633	仄（5 平仄＋3 仄仄）BBBB｜｜bbbB
雨中花	64	定 6－6－75｜7－34－355	仄（3 平仄＋3 仄仄）bbB｜｜bBB
風流子	83	★6－6－336－22－6	仄（3 平仄＋2 仄仄）bbBBB
杏花天	91	定 7－34－7－6｜34－34－7－6	仄（5 平仄＋3 仄仄）BBBb｜｜bBBb
撥棹歌	97	§3－3－7－34－37｜7－7－34－37	仄（5 平仄＋4 仄仄）bBbBb｜｜BBBb
應天長	99	定 7－7－33－7｜33－6－6－5	仄（3 平仄＋5 仄仄）Bbbb｜｜bBBb

平仄混韻詞			
清平樂	15	定（4－5－7－6）｜（6－6－66）	混（3平平＋4平仄）
虞美人	21	（7－5）－（7－63）｜重	混（4平平＋4平仄）
烏夜啼	61	6－3－63｜（3－3）－3－63	混（5平平＋換片處2「平仄」）
最高樓	84	定 35－5－77－333｜（35－35）－33－77－333	混（7平平＋換片處2「仄仄」）
西江月	7	定66－7－（6）｜重	混（4平平＋1平仄＋1仄仄）
喜遷鶯	54	定 33－5－7－5｜重【（33－5）－（7－5）】	混（4平平＋1平仄＋1仄仄＋2平平）
昭君怨	95	（6－6）－（5－3）｜重	混（4平平＋3平仄＋1仄仄）
減字木蘭花	13	（4－7）－（4－7）｜重	混（2平平＋2仄平＋4仄仄）
南鄉子	17	（4－7）－（7－2－7）	混（2平平＋1平仄＋2仄仄）
巫山一段雲	69	55－（7－5）｜（6－6）－（7－5）	混（2平平＋2平仄＋3仄平）
菩薩蠻	6	（7－7）－（5－5）｜（5－5）－（5－5）	混（2平平＋3平仄＋2仄平＋1仄仄）
定風波	58	7－7－（7－2）－7｜（7－2）－7－（7－2）－7	混（4平平＋3平仄＋1仄平＋3仄仄）
更漏子	71	（33－6）－（33－5）｜（3－3－6）－（33－5）	混（2平平＋3平仄＋2仄平＋2仄仄）
酒泉子	80	定4－（6－33）－3｜（7－5－33）－3	混（2平平＋2平仄＋1仄平＋3仄仄）
河傳	92	（2－2）－（3－6－7－2－5）｜（7－3－5）－（3－3－2－5）	混（3平平＋6仄平＋3平仄＋2仄仄）

本表說明：

（1）**關於句系中特殊韻段的處理說明**。

下面五種情況下，只將第二種本屬於兩韻段的句式合併作一韻段處理，其他皆作多韻段處理。

①▲＋下劃線——上下片句式同，一片句中用小韻情況：浣溪沙、行香子、少年遊、眼兒媚、戀繡衾

②★＋下劃線——重言情況：十二時、如夢令、長相思、、五更轉、風流子

③（　）——一片兩換韻情況：菩薩蠻、減蘭、南鄉子、虞美人、巫山一段雲、更漏子、河傳、昭君怨

④（　）——插入韻情況：訴衷情、定風波、烏夜啼

⑤§下劃線——上下片相似位置句式不同情況：摸魚兒、太常引、花心動、鸚鵡曲、撥棹歌

（2）**「疊式律」的四種可能類型**。

我們討論過，律句的類型由末二字平仄決定，有四種：n 平平，n 平仄，n 仄仄，n 仄平。故押韻句間格律關係取決於押韻句末二字腳格律關係。若押韻句完全符合「疊式律」，即末二字腳格律完全一致，則理論上有四種類型：「平平疊」、「仄平疊」、「仄仄疊」、「平仄疊」，這就是**「疊式律」的四種可能類型**。在「韻段末句格律之關係」一欄中，即是以押韻句末二字腳平仄來顯示「疊式律」的狀況及類型。

（3）**表格涉及的術語、符號的說明**。

具體來講，在「韻段末句格律之關係」一欄中：

「平」表示押平韻，「仄」表示押仄韻；「混」表示平仄混合押韻。

「平（平平疊）」表示通首符合「疊式律」，押韻句格律均爲「n 平平」型；

「平（仄平疊）」表示通首符合「疊式律」，押韻句格律均爲「n 仄平」型；

「仄（平仄疊）」表示通首符合「疊式律」，押韻句格律均爲「n 平仄」型；

「仄（仄仄疊）」表示通首符合「疊式律」，押韻句格律均爲「n 仄仄」型；

「平 1（平平疊）」表示通首韻段末句格律僅有 1 處不符合「n 平平」型；

「平 2（平平疊）」表示通首韻段末句格律有 2 處不符合「n 平平」型；

「平 3（平平疊）」表示通首韻段末句格律有 3 處不符合「n 平平」型；

「平（交替疊）」表示韻段末句格律爲兩種平韻型「n 平平」和「n 仄平」交替出現。

「仄（交替疊）」表示韻段末句格律爲兩種仄韻型「n 仄仄」和「n 平仄」交替出現。

將「押韻句（韻段末句）格律關係考察表」結果進一步簡化，得到「韻段末句符合疊式律程度檢驗表」即「常用百體疊式律普遍程度檢驗表」。

表 8－2 常用百體「疊式律」普遍程度檢驗表

韻段末句格律關係	平韻（總 41 體）	仄韻（總 44 體）	平仄雜韻（總 15 體）
「疊式律」型	23 體（「平平疊」22 體；「仄平疊」1 體）	10 體（「平仄疊」9 體；「仄仄疊」1 體）	4 體（僅含「平平」和「平仄」）
1 句不合「疊式律」型	6 體（平平疊）	9 體（平仄疊）	3（除「平平」和「平仄」外，還含一類其他）
2 句不合「疊式律」型	5 體（平平疊 4 體；「仄平疊」1 體）	8 體（「平仄疊」7 體；「仄仄疊」1 體）	
3 處句不合「疊式律」型	2 體（平平疊）	0	
「交替律」型	5 體	5 體；2 體特殊交替疊	
其他	0	10 體	

由上表，**我們可以得出初步結論：「疊式律」在詞中是具有普遍性的規律；在平韻詞中，「疊式律」主要採用「平平疊」模式，在仄韻詞中，「疊式律」則主要採用「平仄疊」模式；在平仄轉韻的詞中，「疊式律」受到一定程度的抑制，表現出複雜性**。

我們必須充分重視上述「押韻句（韻段末句）格律關係考察表」所揭示的詞學規律。這個表格向我們揭示了隱藏在詞中千百年來未被人發現的奧秘——奇妙的「疊式律」。面對千變萬化的詞學世界，面對一千多個詞牌兩千多個詞體，我們往往會感到束手無策。若干大型詞譜所做的工作也往往既顯繁瑣又得不到充分理解和解釋。而「疊式律」的發現，在這些方面將給予我們有力的啓示，幫助我們去直面這些問題，極大地提升我們對詞的理解。

爲了更深入地瞭解「疊式律」的性質和作用，下面，我們將結合上述兩表分別對「平韻詞」「仄韻詞」「平仄混合押韻詞」的韻段組織規律進行更深入細緻的分析和探討。

第三節　平韻詞韻段組織規律「平平律」繹證

本節進一步討論「疊式律」在平韻詞中的普遍性。

討論基礎：「常用百體押韻句（韻段末句）格律關係考察表（表 8－1）」「韻段末句符合疊式律程度檢驗表（表 8－2）」。

分析：常用百體中有「平韻詞」有 41 體。其韻段間完全按「平平疊」規律進行組合的有 22 體，占到 50%以上；其韻段按「平平疊」規律進行組合但有一句例外的有 6 體。二者加在一起占到全部平韻詞的 75%。有二句例外的詞計 4 體，三句例外的詞計 2 體。這四類詞占到平韻詞的近 90%，其「疊式律」類型都是「平平疊」。另有一類詞包括 5 體均爲「平平」和「仄平」韻段交替構成，我們稱爲「交替律」或「交替疊」。

由此，我們刨除偶然性因素，得出關於「平韻詞」韻段組合規律的以下幾個結論：

（1）平韻詞的韻段組合要麼遵循「疊式律」，要麼遵循「交替律」；

（2）「疊式律」是平韻詞韻段組合的主要規律——約 90%的平韻詞按「疊式律」進行韻段組合；

（2）「交替律」平韻詞韻段組合的補充規律——約 10%的平韻詞按「交替律」進行韻段組合；常用百體平韻詞中，按「交替律」組合韻段的只有下面五首：《阮郎歸》《楊柳枝》《瑞鷓鴣》《憶王孫》《搗練子》；

（3）平韻詞「疊式律」幾乎全部爲「平平疊」類型（只《戀繡衾》《長相思》兩首例外爲「仄平疊」）。爲簡便見，我們今後稱這種發生在平韻詞中的以「平平疊」方式組織韻段關係的規律爲「平平律」。

補充討論：

討論一：在 35 首按「疊式律」組合韻段的平韻詞中，有 8＋4＋2＝14 首詞出現了未按「平平律」組合韻段的例外，共涉及 8×1＋4×2＋2×3＝22 個韻

段。下面我們考察，這 22 個韻段的例外是否可以避免，為什麼？

要進行這個討論並不困難。14 首平韻詞韻段末句主體格律為「平平」型，22 個例外韻段的格律是「仄平」型，所以我們只需要討論這 22 個韻段能否選擇「平平」型作為自己的格律就可以了。我們的方法是，根據「一調多體」現象，考察同調其他詞體在相同位置所用的格律，看看其中是否有用到「平平」型格律。下面我們一首一首詞來進行考察（為簡便見，某些情況下不列全詞，只列出一調多體中可資對比的同位置例句）。

（1）水鼓子（無法消除例外）

作平起首句入韻七絕，首句須用「仄平」與次句「平平」形成對立，不能換成「平平」型。故無法消除例外。

（2）浣溪沙（可以消除例外）

正體可看作首句入韻，必用「仄平」型與次句「平平」對立。薛昭蘊又一體「紅蓼渡頭秋正雨，印沙鷗跡自成行。整鬟飄袖野風香。不語含顰深浦裏。幾回愁煞棹船郎。燕歸帆盡水茫茫」，首句不押韻，則全詞韻段合「平平疊」。故可以消除例外。

（3）漁父（無法消除例外）

正體可看作首句入韻七言，必用「仄平」型句式與第二句「平平」對立。張志和又一體「松江蟹舍主人歡。菰飯蓴羹亦共餐。楓葉落，荻花乾。醉宿漁舟不覺寒」，首句用「平平」型，次句用「仄平」型相對。故無法消除例外。

（4）木蘭花慢（可以消除例外）

盈盈。鬥草踏青。

皇都。暗想歡遊。（木蘭花慢——倚危樓佇立　柳永）

妝樓。曉澀翠罌油。（木蘭花慢——傍池闌倚遍　蔣捷）

常思。入夏景偏奇。（木蘭花慢——斷虹收霽雨　曹勳）

情知雁杳與鴻冥。（木蘭花慢——倩嬌鶯姹燕　程垓）

嗟休。觸緒藕絲抽。（木蘭花慢——占西風早處　李芸子）

飛花片片走潺湲。（木蘭花慢——東風吹霧雨　嚴仁）

依依。望斷水窮雲起處，是天涯。（木蘭花慢——石榴花謝了　呂渭老）

旋開鐵鎖槩星橋。（木蘭花慢——梅妝堪點額　劉應雄）

年光冉冉逐飛鴻。（木蘭花慢——正枝頭荔子　曾覿）

吳雲別後重重。（木蘭花慢——汀蓮凋晚豔　盧祖皐）

風前嫋嫋含情，雖不語，引長思。（木蘭花慢——飽經霜古樹　《梅苑》無名氏）

《欽定詞譜》共錄 12 體，相似位置所用句子如上，有四體用到「平平」型。故可以消除例外。

（5）柳梢青（無法消除例外）

酒醒處，殘陽亂鴉。

待付與，溫柔醉鄉。（柳梢青——幹鵲收聲　劉鎮）

更折竹聲中，吹細香。（柳梢青——面目冰霜　張雨）

《欽定詞譜》共錄 8 體，平韻 3 體仄韻 5 體。平韻 3 體中此韻段皆用「仄平」型句式如上所列。故無法消除例外。

（6）小重山（無法消除例外）

《欽定詞譜》共錄 4 體，平韻 3 體仄韻 1 體。平韻 3 體首韻段皆與此相同用「仄平」型。故無法消除例外。

（7）採桑子（可以消除例外）

《欽定詞譜》共錄如下 3 體，皆平韻詞。另兩首爲李清照、朱淑眞詞，上下片相似位置皆用「平平」型韻段。故可以消除例外。

採桑子　雙調四十四字，前後段各四句，三平韻　和凝

蝤蠐領上訶梨子，繡帶雙垂。椒戶閒時。競學摴蒲賭荔枝。

叢頭鞋子紅編細，裙窣金絲。無事顰眉。春思翻教阿母疑。

又一體　雙調四十八字，前後段各四句，兩平韻、一疊韻　李清照

窗前誰種芭蕉樹，陰滿中庭。陰滿中庭。葉葉心心，舒卷有餘情。

傷心枕上三更雨，點滴淒清。點滴淒清。愁損離人，**不慣起來聽**。

又一體　雙調五十四字，前段五句四平韻，後段五句三平韻　朱淑眞

王孫去後無芳草，綠遍香階。塵滿妝臺。粉面羞搽淚滿腮。**教我甚情懷**。

去時梅蕊全然少，等到花開。花已成梅。梅子青青又帶黃，**兀自未歸來**。

（8）長相思（無法消除例外）

《欽定詞譜》共錄五體如下，均爲平韻詞「仄平疊」型。但另四首相似位置也均爲「平平」型例外。故無法消除例外。

長相思　雙調三十六字，前後段各四句三平韻、一疊韻　白居易

汴水流。泗水流。流到瓜州古渡頭。吳山點點愁。

思悠悠。**恨悠悠**。恨到歸時方始休。月明人倚樓。

又一體　雙調三十六字，前段四句三平韻、一疊韻，後段四句三平韻　白居易

深畫眉。淺畫眉。蟬鬢鬅鬙雲滿衣。陽臺行雨回。

巫山高。**巫山低**。暮雨蕭蕭郎不歸。空房獨守時。

又一體　雙調三十六字，前後段各四句三平韻、一疊韻　晏幾道

長相思。長相思。若問相思甚了期。除非相見時。

長相思。**長相思**。欲把相思說與誰。淺情人不知。

又一體　雙調三十六字，前後段各四句四平韻　歐陽修

蘋滿溪。柳繞堤。相送行人溪水西。回時隴月低。

煙霏霏。**雨淒淒**。重倚朱門聽馬嘶。寒鴉相對飛。

又一體　雙調三十六字，前段四句三平韻、一疊韻，後段四句三平韻　劉光祖

玉尊涼。玉人涼。若聽離歌須斷腸。休疑成鬢霜。

畫橋西，**畫橋東**。有淚分明清漲同。如何留醉翁。

（9）太常引（無法消除例外）

《欽定詞譜》共錄如下 2 體，皆平韻。另一體相似位置也爲「仄平」型。故無法消除例外。

太常引　雙調四十九字，前段四句四平韻，後段五句三平韻　辛棄疾

仙機似欲織纖羅。彷彿度金梭。無奈玉纖何。卻彈作，**清商恨多**。

珠簾影裏，如花半面，絕勝隔簾歌。世路苦風波。且痛飲，公無渡河。

又一體　雙調五十字，前段四句四平韻，後段五句三平韻　高觀國

玉肌親襯碧霞衣。似爭駕，翠鸞飛。羞問武陵溪。笑女伴，東風醉時。

不飄紅雨，不貪青子，冷淡卻相宜。春晚湧金池。問一片，將愁寄誰。

（10）一翦梅（無法消除例外）

《欽定詞譜》共錄如下7體，皆平韻詞。7體均爲「平平疊」型，但上下片首句均使用「仄平」型例外。故無法消除例外。

一翦梅雙調六十字，前後段各六句，三平韻　周邦彥

一翦梅花萬樣嬌。斜插疏枝，略點梅梢。輕盈微笑舞低回，何事尊前，拍手相招。

夜漸寒深酒漸消。袖裏時聞，玉釧輕敲。城頭誰恁促殘更，銀漏何如，且慢明朝。

又一體　雙調六十字，前後段各六句，四平韻　吳文英

遠目傷心樓上山。愁裏長眉，別後蛾鬟。暮雲低壓小闌干。教問孤鴻，因甚先還。

瘦倚溪橋梅夜寒。雪欲消時，淚不禁彈。剪成釵勝待歸看。春在西窗，燈火更闌。

又一體　雙調六十字，前後段各六句，五平韻　盧炳

燈火樓臺萬斛蓮。千門喜笑，素月嬋娟。幾多急管與繁絃。巷陌喧闐。畢獻芳筵。

樂與民偕五馬賢。綺羅叢裏，一簇神仙。傳柑雅宴約明年。盡夕留連，滿帆金船。

又一體　雙調六十字，前後段各六句，四平韻、兩疊韻　張炎

剩蕊驚寒減豔痕。蜂也消魂。蝶也消魂。醉歸無月傍黃昏。知是花村。不是花村。

留得閒枝葉半存。好似桃根。可似桃根。小樓昨夜雨聲渾。春到三分。秋到三分。

又一體　雙調六十字，前後段各六句，六平韻　蔣捷

一片春愁帶酒澆。江上船搖。樓上簾招。秋娘容與泰娘嬌。風又飄飄。雨又蕭蕭。

何日雲帆卸浦橋。銀字箏調。心字香燒。流光容易把人拋。紅了櫻桃。綠了芭蕉。

又一體　雙調五十八字，前後段各五句，三平韻　曹勳

不占前村占瑤階。芳影橫斜積漸開。水邊竹外冷搖春，一帶沖寒，香滿襟懷。

管領東風要有才。頻移歌酒上春臺。直須日日坐花前，金殿仙人，同往同來。

又一體　雙調五十九字，前段五句三平韻，後段六句三平韻　趙長卿

霽靄迷空曉未收。羈館殘燈，永夜悲秋。梧桐葉上三更雨，別是人間一段愁。

睡又不成夢又休。多愁多病，當甚風流。眞情一點苦縈人，才下眉尖，恰上心頭。

（11）唐多令（無法消除例外）

《欽定詞譜》共錄如下 3 體，皆平韻。3 體皆主「平平疊」，但次句均使用「仄平」型例外。故無法消除例外。

唐多令　雙調六十字，前後段各五句，四平韻　劉過

蘆葉滿汀洲。**寒沙帶淺流**。二十年，重過南樓。柳下繫船猶未穩，能幾日，又中秋。

黃河斷磯頭。**故人曾到不**。舊江山，渾是新愁。欲買桂花同載酒，終不似，少年遊。

又一體　雙調六十一字，前後段各五句，四平韻　吳文英

何處合成愁。**離人心上秋**。縱芭蕉讀不雨也颼颼。都道晚涼天氣好，有明月，怕登樓。

年事夢中休。**花空煙水流**。燕辭歸，客尚淹流。垂柳不縈裙帶住，漫長是，繫行舟。

又一體　雙調六十二字，前後段各五句，四平韻　周密

絲雨織鶯梭。**浮錢點翠荷**。燕風清，庭宇正清和。苔面唾絨堆繡徑，春去也，奈春何。

宮柳老青蛾。**題紅隔翠波**。扇鸞孤，塵暗合歡羅。門外綠陰深似海，應未比，舊愁多。

（12）鷓鴣天（無法完全消除例外）

《欽定詞譜》僅錄 1 體，平韻。全首三處韻段末句使用「仄平」型。其中首句格律靈活，詞下說明：「趙長卿詞，前段起句『新晴水暖藕花紅』，新晴二字俱平聲，水暖二字俱仄聲，花字平聲，與此平仄全異」，檢趙長卿作，多有首句用「平平」型。但末二句仍用「仄平」型例外。故此例外有二處不可消除。考察七言詞鷓鴣天，可以看到，齊言詞中作家往往主動選擇避開「疊式律」，從而造成一種韻段句的格律參差，避免呆板。在雜言詞中則較少顧及這個。此現象值得關注。

鷓鴣天　雙調五十五字，前段四句三平韻，後段五句三平韻　晏幾道

彩袖殷勤捧玉鍾。當年拌卻醉顏紅。舞低楊柳樓心月，**歌盡桃花扇影風**。

從別後，憶相逢。幾回魂夢與君同。今宵剩把銀釭照，**猶恐相逢是夢中**。

附趙長卿鷓鴣天 2 首

新晴水暖藕花紅。烘人暑意晚來濃。共攜纖手橋東路，**楊柳青青一徑風**。

深翠裏，豔香中。雙鶯初下蕊珠宮。月籠粉面三更露，**涼透蕭蕭一夢中**。

玉容應不羡梅妝。檀心特地賽爐香。半臧密葉牆頭女，**勾引酡顏馬上郎**。
樽乏酒，且傾囊。蟹螯糟熟似黏霜。一年光景渾如夢，**可惜人生忙處忙**。

（13）沁園春（無法完全消除例外）

《欽定詞譜》錄詞 7 體，皆平韻。正體爲蘇詞如下，押韻句有三處位置使用「仄平」型。三處位置中，上片首句押韻句位置林正大用「平平」，下片首句押韻句位置秦觀、程垓均用「平平」型，故這兩處例外可以消除；但倒數第二句押韻句位置全部七體均用「仄平」型格律，故此處無法消除例外。

沁園春　雙調一百十四字，前段十三句四平韻，後段十二句五平韻　蘇軾

孤館燈青，野店雞號，**旅枕夢殘**。漸月華收練，晨霜耿耿，雲山摛錦，朝露漙漙。
世路無窮，勞生有限，似此區區長鮮歡。微吟罷，憑征鞍無語，往事千端。
當時共客長安。似二陸，**初來俱少年**。有筆頭千字，胸中萬卷，致君堯舜，此事何難。
用舍由時，行藏在我，**袖手何妨閒處看**。身長健，但優游卒歲，且斗尊前。

又一體　雙調一百十六字，前段十三句四平韻，後段十二句五平韻　林正大

子陵先生，故人光武，**以道相忘**。幸炎符再握，六龍在御，看臣來億兆，陽德方剛。
自是先生，獨全高節，歸去江湖樂未央。動星象，披關裘傲睨，人世軒裳。
高哉不事侯王。愛此地，山高水更長。蓋先生心地，超乎日月，又誰知光武，器量包荒。
立懦廉頑，有功名教，萬世清風更激揚。無今古，想雲山鬱鬱，江水泱泱。

又一體　雙調一百十五字，前後段各十二句，四平韻　秦觀

宿靄迷空，膩雲籠日，晝景漸長。正蘭泥皐潤，誰家燕喜，蜜脾香少，觸處蜂忙。
盡日無人簾幕掛，更風遞遊絲時過牆。微雨後，有桃愁杏怨，紅淚淋浪。
風流寸心易感，但依依佇立，**回盡柔腸**。念小奩瑤鑒，重勻絳蠟，玉籠金斗，時熨沉香。
柳下相將遊冶處，便回首青樓成異鄉。相憶事，縱鸞箋萬疊，難寫微茫。

又一體　雙調一百十三字，前段十二句四平韻，後段十一句四平韻　程垓

錦字親裁，淚巾偷裛，細説舊時。記笑桃門巷，妝窺寶靨，弄花庭榭，香濕羅衣。
幾度相隨遊冶去，任月細風尖猶未歸。多少事，有垂楊眼見，紅燭心知。
如今事都過也，但贏得**雙鬢成絲**。歎半妝紅豆，相思有分，兩分青鏡，重合難期。

惆悵一春飛絮盡，夢悠揚，教人分付誰。銷魂處，又梨花雨暗，半掩重扉。

上面，我們一一分析了 13 首平韻詞中未按「疊式律」進行組合的 22 個例外韻段，詳細考察了這 22 個韻段的例外是否可以避免。下面我們以圖表的方式總結上述討論，製成下表：

表 8－3　平韻詞中不合「疊式律」的押韻句考察

不合「疊式律」的平韻詞	不合「疊式律」的押韻句的句數〔位置〕	可以消除例外成爲符合「疊式律」的押韻句的句數	不能消除例外的位置及原因
水鼓子	平 1（平平疊）【首句七言】		平起首句入韻七絕
浣溪沙	平 1（平平疊）【首句七言】	1	
漁父	平 1（平平疊）【首句七言】		首句入韻七言
木蘭花慢	平 1（平平疊）	1	
柳梢青	平 1（平平疊）		倒數第二韻段構成參差
小重山	平 1（平平疊）【首句】		首句
採桑子	平 2（平平疊）【兩片末句】	2	
太常引	平 2（平平疊）【兩片末句】		兩片末句
一翦梅	平 2（平平疊）【兩片首句】		兩片首句
糖多令	平 2（平平疊）【兩片首句】		兩片首句
長相思	平 2（仄平疊）【過片「疊韻」處】		過片「疊韻」處
鷓鴣天	平 3【首句＋兩片末句】	1（首句例外消除）	兩片末句
沁園春	平 3【兩片首句＋倒數第二押韻句】	2（上下片首句例外消除）	倒數第二韻段構成參差
總計	22	7	四種情況：上下片首句、末句、次末句、過片處

小結：平韻詞韻段末句不符合「疊式律」的 22 處例外，有 7 處約三分之一是可以避免的。其他不可避免的例外，主要發生在兩片首句、兩片末句、次結句和過片處，顯然，這些位置都是詞的特殊位置，在這些位置運用不同的格律模式有助於形成參差的聲音效果。尤其是當詞中齊言佔據統治地位或者句式比較整齊的情況下，這種格律參差顯得更爲重要，如《水鼓子》《浣溪沙》《漁父》中的情況。

値得注意的是，上述所謂「不能消除的例外」只是相對於《詞譜》考察範圍而言。實際上，本文將考察範圍擴大到整個《全宋詞》，發現除《水鼓子》《漁父》外，上表中《詞譜》範圍內所有不符合疊式律的所謂「不能消除的例外」，在《全宋詞》中全部可以得到消除——考察方法簡單，關於其考察過程，由於過於瑣碎，本文不再贅述——也就是說，在格律詞允許的範圍內，除《水鼓子》《漁父》，以及五首遵循「交替疊」規律的平韻詞，常用百體其他平韻詞調都可以做到完全遵循「平平疊」而不出現例外。雖然對於其中少數詞而言，完全遵循「疊式律」並不是其最常用的格律模式。

如果我們將「疊式律」看成是詞譜的理想模式，那麼，我們甚至可以根據「疊式律」創造出詞調的**理想詞譜**——而與根據既定事實確定的《詞譜》相映照。但時間有限，我們把這個工作留待以後。

討論二：5 首平韻詞選擇使用「交替律」而不是「疊式律」，是否有什麼原因？

選擇使用「交替律」進行組合韻段的詞有以下五首：

39 阮郎歸　雙調四十七字，前段四句四平韻，後段五句四平韻　南唐・李煜

東風吹水日銜山。春來長自閒。落花狼藉酒闌珊。笙歌醉夢間。

春睡覺，晚妝殘。無人整翠鬟。留連光景惜朱顏。黃昏獨倚闌。

51 楊柳枝　單調二十八字，四句三平韻　溫庭筠

金縷毿毿碧瓦溝。六宮眉黛惹香愁。晚來更帶龍池雨，半拂闌干半入樓。

58 瑞鷓鴣　雙調五十六字，前段四句三平韻，後段四句兩平韻　馮延巳

才罷嚴妝怨曉風。粉牆畫壁宋家東。蕙蘭有恨枝猶綠，桃李無言花自紅。

燕燕巢時羅幕卷，鶯鶯啼處鳳樓空。少年薄倖知何處，每夜歸來春夢中。

76 憶王孫　單調三十一字，五句五平韻　秦觀

萋萋芳草憶王孫。柳外樓高空斷魂。杜宇聲聲不忍聞。欲黃昏。雨打梨花深閉門。

86 搗練子　單調二十七字，五句三平韻　馮延巳

深院靜，小庭空。斷續寒砧斷續風。無奈夜長人不寐，數聲和月到簾櫳。

其中，《楊柳枝》爲仄起首句入韻七絕，《搗練子》可視作變形平起首句入韻七絕，《瑞鷓鴣》爲平起首句入韻七律，這三者的韻段組合與律詩相似，故選擇了與律詩絕句相同的韻段組合規律「交替律」。另外兩首則是以七言爲主的詞。這五首詞有兩個共同的特點，均以七言爲主導，基本上一句一押韻。這種一句一押韻且以五、七言爲主導的詞，一方面受律詩影響，另一方面也是爲了爲了使自身的聲音更豐富化，選擇交替使用兩種格律類型是很自然的。

由此，我們得出一個結論，與五、七言律句結構類似，且每個單句多要求押韻的詞，傾向於選用「交替律」來組織韻段。

討論三：為什麼平韻詞「疊式律」主要採用「平平疊」的方式？

我們發現 36 首採用「疊式律」的平韻詞中，34 首採用的是「平平疊」模式，只有兩首例外地採用了「平仄疊」——這是非常驚人的現象。它足以說明，在平韻詞的組織模式中，「平平疊」甚至可以說是詞人的唯一選擇。那麼，爲什麼會發生這種情況呢？

我們來看兩首例外選擇「仄平疊」的詞，這兩首詞分別是白居易的《長相思》和朱敦儒的《戀繡衾》。從這兩首詞，我們實在是看不出特別之處。我們只能試著作出這樣的解釋，大概「平平」舒緩，易於拖長歌唱，「仄平」則相對局促，想來凡平韻詞，皆意欲其誦讀時舒緩，歌唱時餘音不絕，取「平平」作爲韻末，實乃出於天然。白居

易和朱敦儒這兩首詞只能算是例外，只不過這兩首詞因爲皆用到「疊韻」，聲音效果實在非常傑出，因而也得到了廣泛流傳。

小結：

平韻詞的韻段組織主要遵循「疊式律」和「交替律」兩大規律。在與七言體制相似且多由單句構成韻段的詞中，會選擇「交替律」組織韻段；在其他絕大多數情況下，則主要選擇「疊式律」組織韻段。在選擇「疊式律」組織韻段時，主要選用「平平疊」，爲增強韻律的豐富性和起到提示作用，常在首韻段、末韻段、過片處以及次末韻段處參差使用不同類型的格律。總地來看，「疊式律」對於平韻詞，就像由「黏式律」「對式律」合成的「交替律」對於律詩一樣，是帶有普遍性和根本意義的規律。今後我們可以說，「平平疊」爲主導的「疊式律」是平韻詞的主要組織形式，「交替律」則是平韻詞的補充性組織形式。

第四節　仄韻詞韻段組織規律「平仄律」繹證

本節進一步探討「疊式律」在仄韻詞中的普遍性。

我們仿照對「平韻詞」韻段組織規律的討論來討論「仄韻詞」的韻段組織規律。

討論基礎：「押韻句（韻段末句）格律關係考察表（表 8－1）」「韻段末句符合『疊式律』程度檢驗表（表 8－2）」。

分析：從上述兩表看，常用百體中有「仄韻詞」44 體。其韻段間完全按「平仄疊」規律進行組合的有 9 體，只占到 20%；其韻段按「平仄疊」規律進行組合但有一句例外的有 9 體，有二句例外的有 8 體。這三類仄韻詞符合或基本符合「疊式律」，共計 26 體，占到總仄韻詞近 60%，其「疊式律」類型都是「平仄疊」。另有 5 首仄韻詞遵守「交替律」，2 首仄韻詞遵守特殊交替規律。還有 10 首仄韻詞在進行韻段組合時呈現不規則的情況。

由此，我們發現，「疊式律」在仄韻詞中的普遍性遠低於平韻詞。

刨除偶然性因素，關於「仄韻詞」韻段組合規律，我們可以得出以下一些基本結論：

（1）仄韻詞的韻段組織規律包括「疊式律」「交替律」和其他一些不規則情況——60%仄韻詞遵循「疊式律」，15%以上遵循「交替律」，20%無明顯規律可言；

（2）「疊式律」仍然是仄韻詞韻段組合的主要規律，但其普遍性遠低於在平韻詞中的 90%——只有大約一半多的仄韻詞按「疊式律」進行韻段組合；

（3）「交替律」是仄韻詞韻段組合的補充規律——約 10%仄韻詞按「交替律」進行韻段組合，它們分別是：《蝶戀花》《漁家傲》《蓦山溪》《蘇幕遮》《天仙子》；另有兩首按特殊的交替律組織韻段，其中《謁金門》按兩句一換格律的形式組織，《燭影搖紅》按上下片交換格律的形式組織。

（4）仄韻詞「疊式律」幾乎全部爲「平仄疊」類型（只《玉樓春》《紅窗迴》2 首例外用到「仄仄疊」）。爲簡便見，今後稱這種發生在仄韻詞中以「平仄疊」爲主要韻段組織方式的規律爲「平仄律」。我們可以說，60%的仄韻詞按「平仄律」進行韻段組織。

補充討論：

討論一：在 27 首按「疊式律」組合韻段的平韻詞中，有 9＋8＝17 首詞出現了未按「平仄律」組合韻段的例外，共涉及 9×1＋8×2＝25 個韻段。下面我們考察，這 25 個韻段的例外是否可以避免，為什麼？

仿照平韻詞中的討論。這 17 首仄韻詞韻段末句主體格律爲「平仄」型，25 個例外韻段的格律是「仄仄」型，所以我們只需要討論這 25 個韻段能否選擇「平仄」型作爲自己的格律就可以了。我們的方法是：根據「一調多體」現象，考察同調其他詞體在相似位置是否有用到「平仄」型格律。下面我們一首一首詞來進行考察（爲簡便見，某些情況下仍然不列全詞，只列一調多體中可資對比的同位置句子）。

（1）點絳唇（可以消除例外）

附詞譜文如下（著重號爲本文所加）〔註 6〕：

點絳唇　雙調四十一字，前段四句三仄韻，後段五句四仄韻　馮延巳

蔭綠圍紅，飛瓊家在桃源住。畫橋當路，臨水開朱户。

柳徑春深，行到關情處。顰不語。意憑風絮。吹向郎邊去。

又一體　雙調四十一字，前後段各五句四仄韻　蘇軾

不用悲秋，今年身健。還高宴。江村海甸。總作空花觀。

尚想橫汾，蘭菊紛相半。樓船遠。白雲飛亂。空有年年雁。

又一體　雙調四十三字，前段四句三仄韻，後段五句四仄韻　韓琦

病起懨懨，對堂階花樹添憔悴。亂紅飄砌，滴盡眞珠淚。

惆悵前春，誰相向花前醉。愁無際。武陵凝睇。人遠波空翠

《欽定詞譜》錄《點絳唇》3 體，皆仄韻。正體用馮延巳詞，唯一不合「平仄律」的韻段爲「顰不語」，詞下明確標明此處可用「平平仄」或「仄平仄」；同時另二體相同位置一用「樓船遠」，一用「愁無際」，皆「平平仄」格。故此處例外可以消除。

（2）鵲橋仙（可以消除例外）

附詞譜文如下（著重號爲本文所加）：

鵲橋仙　雙調五十六字，前後段各五句，兩仄韻　歐陽修

月波清霽，煙容明淡，靈漢舊期還至。鵲迎橋路接天津，映夾岸，星榆點綴。

雲屏未卷，仙雞催曉，腸斷去年情味。多應天意不教長，恁恐把，歡娛容易。

又一體　雙調五十六字，前後段各五句，三仄韻　盧炳

餘霞散綺，明河翻雪。隱隱鵲橋初結。牛郎織女乍逢迎，卻勝似，人間歡悦。

一宵相會，經年離別。此語眞成浪説。細思怎得似嫦娥，常獨宿，廣寒宮闕。

又一體　雙調五十六字，前後段各五句，四仄韻　辛棄疾（略）

〔註 6〕詞譜原文句、讀、韻處以現代漢語標點符號代替，下同。

又一體　雙調五十八字，前後段各五句，兩仄韻　辛棄疾（略）

又一體　雙調五十七字，前後段各五句，兩仄韻　黃庭堅

八年不見，清都絳闕，望銀漢，溶溶漾漾。年年牛女恨風波，算此事，**人間天上**。

野麋豐草，江鷗遠水，老去唯便疏放。百錢端往問君平，早晚具，歸田小舫。

又一體　雙調五十八字，前後段各五句，三仄韻　方嶽

今朝念九，明朝初一。怎欠個，秋崖生日。客中情緒老天知，道這月**不消三十**。

春盤縷菜，春缸搖碧。便擬做，梅花消息。雪邊試問是耶非，笑今夕不知何夕。

又一體　雙調八十八字，前段十句四仄韻，後段八句七仄韻　柳永（略）

《欽定詞譜》錄 7 體，皆仄韻詞。正體爲歐陽修作，唯一不合「平仄律」的例外爲上片末句「星榆**點綴**」，譜下注明此處可用「仄平平仄」。另六體中相似位置，有三體用到「仄平平仄」式。故此處例外可以消除。

（3）洞仙歌（可以消除例外）

附詞譜部份原文如下（著重號爲本文所加）：

洞仙歌　雙調八十三字，前段六句三仄韻，後段七句三仄韻　蘇軾

冰肌玉骨，自清涼無汗。水殿風來暗香滿。繡簾開，一點明月窺人，人未寢，**攲枕釵橫鬢亂**。

起來攜素手，庭户無聲，時見疏星渡河漢。試問夜如何，夜已三更，金波淡，玉繩低轉。但屈指，西風幾時來，又不道，流年暗中偷換。

宋人填《洞仙歌》令詞者，句讀韻腳，互有異同，惟蘇、辛兩體，填者最多，今以蘇、辛二詞爲初體，其餘添字、減字，各以類聚，庶不蒙混。　按，張炎「中峰壁立」詞，前段結句「鷗散煙波茂陵苑」，當是傳寫之訛，多一陵字，張翥「功名利達」詞，後段第五句「自笑萍蹤久無定」，亦是傳寫之訛，當作「久自笑、萍蹤無定」，便合調矣，故此二體，不爲編入。又，張肯「金風玉露」詞，後段第五句「咸羨世稀有」，減二字；第六句「又堪憐、枝上蟠桃」，減一字，恐有脫誤，亦不編入。此調前後段第三句第五字，後段第六句第六字，例用仄聲，若換平聲，便不協律，金、元大石調曲子亦如此。　譜內可平可仄，悉參所採諸詞，惟晁補之「今年閏好」詞，前段第二句「怪重陽菊早」，菊字仄聲；京鏜「三年

綿裏」詞，前段第二句「見重陽藥市」，藥字仄聲，此蓋以入作平，故不注可仄。又，晁補之「青煙羃處」詞，前段第三句「永夜閒階臥桂影」，桂字仄聲；《梅苑》「摧殘萬物」詞，前後段第三句「待得春來是早晚」、「只這些兒意不淺」，早字、不字俱仄聲，皆非定格。又，阮閱詞，前段第四句「見伊底」，底字仄聲；王字中「深庭夜寂」詞，後段起句「迎人巧笑道」，巧字仄聲；汪元量詞，後段第四句「桑枝才長」，枝字平聲，長字仄聲；辛棄疾詞，結句「他家有個西子」，個字仄聲。查宋詞諸家，平仄無如此者，故亦不與參校。

《欽定詞譜》錄《洞仙歌》40 體，爲最多詞體的詞牌，皆仄韻。正體爲蘇軾詞，唯一不合「平仄律」的例外爲上片第三韻段末句「攲枕釵橫鬢亂」。譜下注明此處可用「平仄」。另 39 體中相似位置，有張炎詞用「柳發離離如此」、辛棄疾詞用「風景依然如此」、汪元量詞用「長笛一聲今古」等等，皆爲「平仄」型。故此處例外可以消除。

（4）醉落魄（可以消除例外）

附詞譜文如下（著重號爲本文所加）：

一斛珠　雙調五十七字，前後段各五句，四仄韻　南唐・李煜

晚妝初過。沈檀輕注些兒個。向人微露丁香顆。一曲清歌，暫引櫻桃破。

羅袖裛殘殷色可。杯深旋被香醪涴。繡床斜憑嬌無那。爛嚼紅茸，笑向檀郎唾。

又一體　雙調五十七字，前後段各五句，四仄韻　張先

山圍畫障。風溪弄月清溶漾。玉樓苕館人相望。下若醲酤，競欲金釵當。

使君勸醉青娥唱。分明仙曲雲中響。南園百卉千家賞。和氣兼來，不獨花枝上。

又一體　雙調五十七字，前後段各五句，四仄韻　周邦彥

茸金細弱。秋風嫩，桂花初著。蕊珠宮裏人難學。花染嬌荑，羞映翠雲幄。

清香不與蘭蓀約。一枝雲鬢巧梳掠。夜深輕撼薔薇索。香滿衣襟，月在鳳凰閣。

《欽定詞譜》錄《醉落魄》（又名一斛珠）3 體，皆仄韻。正體爲李煜詞，唯一不合「平仄律」的例外爲下片首句「**羅袖裛殘殷色可**」。另 2 體中相似位置，張先詞用「**使君勸醉青娥唱**」、辛棄疾詞用「**清香不與蘭蓀約**」，皆爲「平仄」型。故此處例外可以消除。

（5）永遇樂（無法消除例外）

附詞譜原文如下（著重號爲本文所加）：

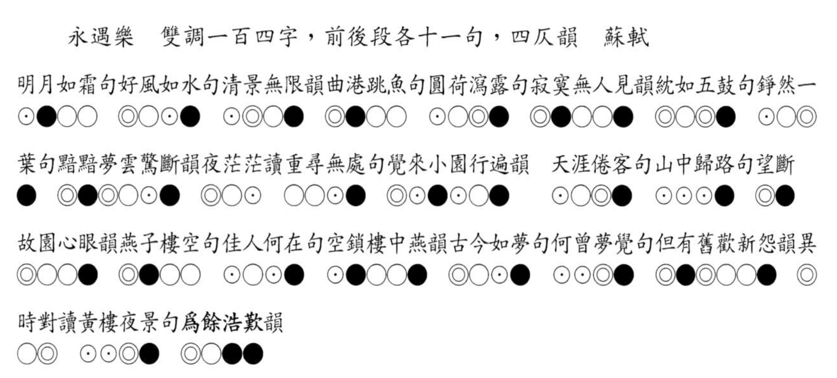

永遇樂　雙調一百四字，前後段各十一句，四仄韻　蘇軾

明月如霜句好風如水句清景無限韻曲港跳魚句圓荷瀉露句寂寞無人見韻紞如五鼓句錚然一
⊙●○○ ◎○⊙● ⊙◎○● ◎●○○ ⊙○◎● ◎●○○● ◎○◎● ⊙○◎

葉句黯黯夢雲驚斷韻夜茫茫讀重尋無處句覺來小園行遍韻　天涯倦客句山中歸路句望斷
● ◎●◎○⊙● ◎○⊙ ○○⊙● ◎⊙●⊙○●　⊙○◎● ⊙⊙⊙● ◎●

故園心眼韻燕子樓空句佳人何在句空鎖樓中燕韻古今如夢句何曾夢覺句但有舊歡新怨韻異
◎○○● ◎●○○ ⊙○⊙● ⊙●○○● ◎○⊙● ⊙⊙◎● ◎●◎○○● ◎

時對讀黃樓夜景句**爲餘浩歎**韻
○◎ ⊙⊙◎● ◎○●●

又一體　雙調一百四字，前後段各十一句，五仄韻　晁補之

紅日葵開句映牆遮牖句小齋端午韻杯展荷金句簪抽筍玉句幽事還堪數韻綠窗纖手句朱奩輕縷韻爭鬥彩幡艾虎韻想沉江讀怨魄歸來句空惆悵讀對菰黍韻

朱顏老去韻清風好在句未減佳辰歡趣韻蠟酒深斟句菖菹細糝句圍坐從兒女韻還同子美句江村長夏句閒對燕飛鷗舞韻算何須讀楚澤雄風句**方消畏暑**韻

又一體　雙調一百四字，前段十二句四仄韻，後段十一句四仄韻　柳永

薰風解慍句晝景晴和句新霽時候韻火德流光句蘿圖薦祉句累慶金枝秀韻璿樞繞電句華渚流虹句是日挺生元後韻纘唐虞垂拱句千載應期句萬靈敷祐韻

殊方異域句爭貢琛賮句架巘航波奔湊韻三殿稱觴句九儀就列句韶濩鏘金奏韻藩侯瞻望彤庭句親攜僚吏句競歌元首韻祝堯齡讀北極齊尊句**南山共久**韻

又一體　雙調一百四字，前後段各十一句，四仄韻　柳永

天閣英遊句內朝密侍句當世榮遇韻漢守分麾句堯圖請瑞句方面憑心膂韻風馳千騎句雲擁雙旌句向曉洞開嚴署韻擁朱幡讀喜氣歡聲句處處競歌來暮韻

吳王舊國句今古江山秀異句人煙繁富韻甘雨車行句仁風扇動句雅稱安黎庶韻棠郊成政句槐府登賢句非久定須歸去韻且乘閒讀弘閣長開句**融尊盛舉**韻

又一體　雙調一百四字，前段十一句四仄韻，後段十一句五仄韻　張元幹

月印金盆句江縈羅帶句涼飈天際韻摩詰丹青句營丘平遠句一望窮千里韻白鷗盟在句黃粱夢破句投老此心如水韻耿無眠讀披衣顧影句乍聞繞階絡緯韻

百年倦客句三生習氣韻今古到頭誰是韻夜色蒼茫句浮雲滅沒句舉世方熟寐韻誰人著眼句放神八極句逸想寄讀塵寰内韻獨憑闌讀雞鳴日上句**海山霧起**韻

又一體　雙調一百四字，前後段各十一句，四仄韻　《古今詞話》無名氏

孤衾不暖句靜聞銀漏句敧枕難穩韻細想多情句多才多貌句總是多愁本韻而今幽會難成句佳期頓阻句只恁縈方寸韻知他莫是今生句共伊此歡無分韻

尋思斷腸腸斷句珠淚搵了句依前重搵韻終待臨岐句分明說與句我這厭厭悶韻得伊知後句教人成病句萬種斷也無恨韻只恐他讀恁不分曉句**漫勞瘦損**韻

又一體　雙調一百四字，前後段各十一句，四平韻　陳允平

玉腕籠寒句翠闌憑曉句鶯調新簧韻暗水穿苔句遊絲度柳句人靜芳晝長韻雲南歸雁句樓西飛燕句去來慣認炎涼韻王孫遠讀青青草色句幾回望斷柔腸韻

薔薇舊約句尊前一笑句等閒孤負年光韻鬥草庭空句拋梭架冷句簾外風絮香韻傷春情緒句惜花時候句日斜尚未成妝韻聞嬉笑讀誰家女伴句**又還採桑**韻

《欽定詞譜》錄《永遇樂》7 體，6 仄韻，1 平韻。正體爲蘇軾詞，唯一不合「平仄律」的例外爲下片末句「爲余浩歎」。譜下注明此處須用「仄仄」。另 5 體仄韻詞中相似位置，皆用「仄仄」型。故此處例外無法消除。

（6）桃源憶故人（可以消除例外）

附詞譜原文如下（著重號爲本文所加）：

桃源憶故人　雙調四十八字，前後段各四句，四仄韻　歐陽修

梅梢弄粉香猶嫩韻欲寄江南春信韻別後愁腸縈損韻說與伊爭穩韻
⊙○◎●○○●　◎●⊙○⊙●　◎●⊙○⊙●　◎●○○●

小爐獨守寒灰燼韻忍淚低頭畫盡韻眉上萬重新恨韻竟日無人問韻
◎○◎●○○●　◎●⊙○◎●　⊙●◎○⊙●　◎●○○●

此調以此詞爲正體，宋人多依此塡，若王詞之添字，乃變格也。前段起句，朱敦儒詞「雨斜風横香成陣」，雨字仄聲，風字平聲；第二句，鄭域詞「低下繡簾休卷」，繡字仄聲；第三句，管鑒詞「惟有綠窗朱户」，惟字平聲，馬古洲詞「雪後又開半樹」，半字仄聲；結句，黄庭堅詞「花底鶯聲嫩」，花字平聲；後段第二句，秦觀詞「驚破一番新夢」，驚字平聲，一字仄聲，新字平聲；第三句，史達

祖詞「十五年來凝佇」，年字平聲，馬詞「我是西湖處士」，處字仄聲；結句，陸游詞「芳草連天暮」，芳字平聲。譜內可平可仄據此，餘參王詞。

又一體　雙調四十九字，前後段各四句，四仄韻　王庭珪

催花一霎清明雨韻留得東風且住韻兩岸柳汀煙塢韻未放行人去韻

人如雙鵠雲間舉韻明月夜讀**扁舟何處**韻只向武陵南渡韻便是長安路韻

《欽定詞譜》錄《桃源憶故人》2 體，皆仄韻。正體爲歐陽修詞，唯一不合「平仄律」的例外爲下片次句「忍淚低頭畫盡」。 譜下注明此處可用「平仄」。另 1 體中相似位置，王庭珪詞用「明月夜扁舟何處」爲「平仄」型。故此處例外可以消除。

（7）祝英臺近（可以消除例外）

附詞譜原文如下（著重號爲本文所加）：

祝英臺近　雙調七十七字，前段八句三仄韻，後段八句四仄韻　程核

墜紅輕句濃綠潤句深院又春晚韻睡起懨懨句無語小妝懶韻可堪三月風光句五更魂夢句又都
●○○　⊙◎●　⊙●◎○●　◎●○○　⊙◎◎⊙●　◎⊙⊙●○○　◎○⊙●　◎⊙

被讀杜鵑催趲韻
●　◎○⊙●

怎消遣韻人道愁與春歸句春歸愁**未斷**韻閒倚銀屏句羞怕淚痕滿韻斷腸沈水重薰句瑤琴閒理
●⊙●　⊙◎⊙●○○　⊙⊙⊙◎●　⊙●○○　⊙◎◎○●　●⊙⊙●○○　⊙○⊙●

句奈依舊讀夜寒人遠韻
◎⊙◎　◎○⊙●

此調以此詞爲正體，吳文英「剪紅情」詞、「問流花」詞、「採幽香」詞，張炎「水西船」詞，湯恢「宿酲蘇」詞、「月如冰」詞，李彭老「杏花初」詞，俱如此塡。若史、韓、張、劉、辛、岳六詞之押韻異同，陳詞之另押平聲韻，皆變格也。　按，湯詞，前段第五句「無人掃紅雪」，人字平聲。無名氏詞「全未禁風雨」，禁字平聲；張詞，第六句「怪我流水迢遙」，我字仄聲；李詞，結句「曾細聽歌珠一串」，一字仄聲；湯詞，後段第五句「瓊枝爲誰折」，枝字平聲，無名氏詞「冉冉如飛霧」，如字平聲；吳詞，第六句「趁得羅蓋天香」，得字仄聲；李詞，結句「恨楊花遮愁不斷」，花字平聲，不字仄聲。譜內可平可仄據此，餘參下所採六詞。

又一體　雙調七十七字，前後段各八句，四仄韻　史達祖

柳枝愁句桃葉恨句前事怕重記韻紅藥開時句新夢又溱洧韻此情老去須休句春風多事韻便老去讀越難迴避韻

阻幽會韻應念偷剪酴醿句**柔條暗縈繫**韻節物移人句春草更憔悴韻可堪竹院題詩句蘚階聽雨句寸心外讀安愁無地韻

又一體　雙調七十七字，前段八句三仄韻，後段八句五仄韻　韓淲

館娃宮句採香徑句范蠡五湖側韻子夜吳歌句聲緩不須拍韻崇桃積李花間句芳洲綠遍句更冉冉讀柳絲無力韻

試思憶韻老去一片身心句**辜負好春色**韻古往今來句時序惱行客韻去年今日山中句如何知得韻卻又在讀他鄉寒食韻

又一體　雙調七十七字，前段八句四仄韻，後段八句五仄韻　張炎

水痕深句花信足句寂寞溪南樹韻轉首清陰句芳事頓如許韻不知多少消魂句夜來風雨韻猶夢到讀斷紅流處韻

最無據韻長年息影空山句**愁入庾郎句**韻玉老田荒句心事已遲暮韻幾回聽得啼鵑句不如歸去韻終不似讀舊時鸚鵡韻

又一體　雙調七十七字，前後段各八句，四仄韻　劉過

笑天涯句還倦客韻欲起病無力韻風雨春歸句一日近一日韻看人結束春衫句前呵騎馬句腰劍上讀隴西平策韻

鬢粉白韻只可歸去家山句**無田種瓜得**韻空抱遺書句憔悴小樓側韻杜鵑不管人愁句月明枝上句直啼到讀枕邊相覓韻

又一體　雙調七十七字，前段八句四仄韻，後段八句五仄韻　辛棄疾

寶釵分句桃葉渡韻煙柳暗南浦韻陌上層樓句十日九風雨韻斷腸點點飛紅句都無人管句倩誰喚讀流鶯聲住韻

鬢邊覷韻試把花卜歸期句**才簪又重數**韻羅帳燈昏句哽咽夢中語韻是他春帶愁來句春歸何處韻卻不解讀帶將愁去韻

又一體　雙調七十七字，前後段各八句，五仄韻　嶽珂

澹煙橫句層霧斂韻勝概分雄占韻月下鳴榔句風急怒濤颭韻關河無限清愁句不堪

臨鑒韻正霜鬢讀秋風塵染韻

漫登覽韻極目萬里沙場句**事業頻看劍**韻古往今來句南北限天塹韻倚樓誰弄新聲句重城正掩韻歷歷數讀西州更點韻

又一體　雙調七十七字，前段八句三平韻，後段八句四平韻　陳允平(略)

《欽定詞譜》錄《祝英臺近》8 體，7 仄韻，1 平韻。正體爲程核詞，唯一不合「平仄疊」的例外爲下片次韻「**春歸愁未斷**」。譜下注明此體此處可用「平仄」。另 6 體仄韻詞中相似位置，史達祖詞用「**柔條暗縈繫**」、韓淲詞用「**辜負好春色**」、張炎詞用「**愁入庾郎句**」、劉過詞用「**無田種瓜得**」、辛棄疾詞用「**才轡又重數**」、岳珂詞用「**事業頻看劍**」，全部爲「平仄」型。故此處例外可以消除。

（8）蘇武慢（可以消除例外）

附詞譜部份原文如下（著重號爲本文所加）：

選冠子　雙調一百十一字，前段十二句四仄韻，後段十一句四仄韻　周邦彥

水浴清蟾句葉喧涼吹句巷陌雨聲初斷韻閒依露井句笑撲流螢句惹破畫羅輕扇韻人靜夜久憑
◎●○○　◎○⊙●　◎●◎○○●　○○●●　◎●○○　◎●●○○●　○●◎◎⊙

闌句愁不歸眠句立殘更箭韻歎年華一瞬句人今千里句夢沈書遠韻
○　⊙●○○　◎○⊙●　●⊙○◎●　⊙⊙○●　●○○●

空見説讀鬢怯瓊梳句容銷金鏡句漸懶趁時勻染韻梅風地溽句虹雨苔滋句一架舞紅都變韻誰
⊙◎◎　◎●○○　⊙○⊙●　◎●◎○○●　○○●●　⊙●○○　◎●●○○●　⊙

信無聊句爲伊才減江淹句情傷荀倩韻但明河影下句還看疏星**幾點**韻

●○○　●○⊙●○○　⊙○⊙●　●○○◎●　○●⊙○◎●

《欽定詞譜》錄《蘇武慢》（又名選冠子）16 體，皆仄韻。正體爲周邦彥詞，唯一不合「平仄疊」的例外爲下片尾句「**還看疏星幾點**」。譜下注明此體此處可用「平仄」。另 15 體仄韻詞中相似位置，魯逸仲詞用「水流雲繞」、張景修詞用「亂雲空晚」、《梅苑》無名氏詞用「花裏自稱三絕」、陸游詞用「更乘幽興」、虞集詞用「乘化任渠留去」、陳允平詞用「賜薔薇酒」「一聲來雁」、另首虞集詞用「窈窕掛書牛角」、張雨詞用「坐到月高山小」、張肎詞用「文鴛雙侶」，共計 10 體爲「平仄」型。故此處例外可以消除。

（9）鸜鵒曲（無法消除例外）

附詞譜原文如下（著重號爲本文所加）：

鸜鵒曲雙調五十四字，前段四句三仄韻，後段四句兩仄韻　白無咎

儂家鸜鵒洲邊住韻是個不識字漁父韻浪花中讀一葉扁舟句睡煞江南煙雨韻
○○⊙●○○●　◎◎●◎●○●　●○○　◎●○○　●●○○○●

覺來時讀滿眼青山句抖擻綠蓑歸去韻算從前讀錯怨天公句甚也有讀**安排我處**韻
●⊙○　◎●○○　●●●○○●　●○○　◎●○○　●●●　○○●●

此亦元人小令，採以備體。按，《太平樂府》馮子振和此詞三十六首，前段第二句「恰做了白髮傖父」，後段起句「故人曾喚我歸來」，第二句「逝水看年華去」，俱與此詞句法小異。又，前段起句「團團話裏禪龕住」，話字仄聲；第二句「空桑子伊尹無父」，空字、桑字、伊字俱平聲；第三句「坐燒丹忘記春秋」，忘字平聲；後段起句「總不如水北相逢」，不字仄聲，又「曉鐘殘紅被留溫」，紅字平聲；第三句「恨無題亭影樓心」，亭字平聲。俱與此詞平仄小異，譜內可平可仄據之。　又，**馮詞序云：結句「甚也有安排我處」，甚字必須去聲字，我字必須上聲字，音律始諧**，不然，不可歌。按，**詞句轉腔，例用去聲，凡句中兩仄字相連，或去、上，或上、去，從無兩上聲字、兩去聲字者。至去聲韻、上聲韻，煞尾迭用兩仄字，尤不可誤。觀此可以類推。**

《欽定詞譜》錄《鸜鵒曲》1 體，仄韻，用白無咎詞。唯一不合「平仄疊」的例外爲下片尾句「安排**我處**」。譜下錄「**馮詞序云：結句『甚也有安排我處』，甚字必須去聲字，我字必須上聲字，音律始諧，不然，不可歌**」，注明此體此處必用「上仄」。故此處例外無法消除。

（10）滿江紅（可以消除例外）

附詞譜原文如下（著重號爲本文所加）：

滿江紅　　此調有仄韻、平韻兩體，仄韻詞，宋人塡者最多，其體不一，今以柳詞爲正體，其餘各以類列，《樂章集》注仙呂調，高栻詞注南呂調；平韻詞，只有姜詞一體，宋元人俱如此塡。

滿江紅　雙調九十三字，前段八句四仄韻，後段十句五仄韻　柳永

暮雨初收句長川靜讀**征帆夜落**韻臨島嶼讀蓼煙疏淡句葦風蕭索韻幾許漁人橫短艇句盡將燈火歸村
◎●○○　⊙⊙●　⊙○◎●　⊙◎◎　◎○⊙●　◎○○●　◎●⊙○○●●　◎○⊙●○○

落韻遣行客讀當此念回程句傷漂泊韻　桐江好句**煙漠漠**韻波似染句山如削韻繞嚴陵灘畔句鷺飛
● ●⊙◎ ⊙●●○○ ○○●　○⊙● ○◎● ○◎● ○○● ◎⊙⊙⊙◎ ◎⊙

魚躍韻遊宦區區成底事句平生況有雲泉約韻歸去來讀一曲仲宣吟句從軍樂韻
○● ⊙●⊙○○●● ⊙○◎●○○● ⊙◎⊙ ◎●●○○ ○○●

此調押仄聲韻者，以柳詞此體爲定格，若張詞之多押兩韻，戴詞之多押一韻，呂詞之減字，蘇、趙、辛、柳、杜詞之添字，以及葉詞之句讀異同，王詞之句讀全異，皆變格也。　周紫芝詞，前後兩結「問向晚、誰欲畫漁蓑，寒江立」，「便準擬、一醉廣寒宮，千山白」，向晚、準擬四字俱仄聲；「把功名、收拾付君侯，如椽筆」，「正梅花、萬里雪深時，須相憶」，功名、梅花四字俱平聲；程垓詞，「但獨褰、幽幌悄無音，傷離別」，「問甚時、重理錦囊書，從頭說」，獨字、甚字俱仄聲，褰字、時字俱平聲，均屬正體，塡者不拘。又，換頭四句，原屬六字折腰兩句，當以此詞之平仄爲定格，如譜內張詞、戴詞亦爲合格，若蔡伸詞起句之「並蘭舟」，舟字平聲；范成大詞，起句之「志千里」，志字仄聲；袁去華詞，第二句之「道傍李」，道字仄聲；曹冠詞，第三句之「醉夢裏」，醉字仄聲；楊炎昶詞，第四句之「酒無力」，酒字仄聲，非定格也。　又，侯寘詞，後段第六句「經營拂掠」，拂字入聲；張炎詞，結句「白鷗識」，白字入聲，此皆以入作平，不注可仄。　又，蘇軾詞，後段第七句「欲向佳人訴離恨」，離字平聲；柳詞別首，後段第九句「待到頭，終究問伊著」，著字仄聲；趙師俠詞，結句「無杜宇」，杜字仄聲，此皆偶誤，亦不注可平可仄。　按，張孝祥詞，前段第三、四句「動遠思、空江小艇，高丘喬水」，高字平聲；范成大詞，後段第六句「桃根雙楫」，桃字平聲，譜內據此，餘參張元幹以下八詞。

又一體　雙調九十三字，前段八句五仄韻，後段十句六仄韻　張元幹

春水連天句桃花浪讀**幾番風惡**韻雲乍起讀遠山遮盡句晚風還作韻綠遍芳洲生杜若韻數帆帶雨煙中落韻認向來讀沙觜共停橈句傷飄泊韻　寒猶在句**衾偏薄**韻腸欲斷句愁難著韻倚篷窗無寐句引杯孤酌韻寒食清明都過卻韻可憐辜負年時約韻想小樓讀日日望歸舟句人如削韻

又一體　雙調九十三字，前段八句四仄韻，後段十句六仄韻　戴復古

赤壁磯頭句一番過讀**一番懷古**韻想當時讀周郎年少句氣吞區宇韻萬騎臨江貔虎噪句千艘列炬魚龍怒韻卷長波讀一鼓困曹瞞句今如許韻　江上渡韻**江邊路**韻形

勝地句興亡處韻覽遺蹤句勝讀史書言語韻幾度東風吹世換句千年往事隨潮去韻問道傍讀楊柳爲誰春句搖金縷韻

又一體　雙調九十一字，前段八句四仄韻，後段十句五仄韻　呂渭老

燕拂危檣句斜日外讀數峰凝碧韻正暗潮生渚句暮風飄席韻初過南村沽酒市句連空十頃菱花白韻想故人讀輕箑障遊絲句聞遙笛韻　魚與雁句通消息韻心與夢句空牽役韻到如今相見句怎生休得韻斜抱琵琶傳密意句一襟新月横空碧韻問甚時讀同作醉中仙句煙霞客韻

又一體　雙調八十九字，前段七句四仄韻，後段十句五仄韻　呂渭老

晚浴新涼句風蒲亂讀松梢見月韻庭陰盡讀暮蟬啼歇韻螢繞井闌簾入燕句荷香蘭氣供搖箑韻賴晚來讀一雨洗遊塵句無些熱韻　心下事句峰重疊韻人甚處句星明滅韻想行雲應在句鳳凰城闕韻曾約佳期同菊蕊句當時共指燈花説韻據眼前讀何日是西風句吹涼叶韻

又一體　雙調九十四字，前段八句四仄韻，後段十句五仄韻　蘇軾

東武南城句新堤固讀漣漪初溢韻隱隱遍讀長林高阜句臥紅堆碧韻枝上殘花吹盡也句與君試向江邊覓韻問向前讀猶有幾多春句三之一韻　官裏事句何時畢韻風雨外句無多日韻相將泛曲水句滿城爭出韻君不見讀蘭亭修禊事句當時坐上皆豪逸韻到如今讀修竹滿山陰句空陳跡韻

又一體　雙調九十四字，前段八句四仄韻，後段十句五仄韻　趙鼎（略）

又一體　雙調九十四字，前段八句四仄韻，後段十句五仄韻　辛棄疾

點火櫻桃句照一架讀酴醿如雪韻春正好讀見龍孫穿破句紫苔蒼壁韻乳燕引雛飛力弱句流鶯喚友嬌聲怯韻問春歸讀不肯帶愁歸句腸千結韻　層樓望句春山疊韻家何在句煙波隔韻把古今遺恨句向他誰説韻蝴蝶不傳千里夢句子規叫斷三更月韻聽聲聲讀枕上勸人歸句歸難得韻

又一體　雙調九十七字，前段八句五仄韻，後段十句六仄韻　柳永

萬恨千愁句將年少讀衷腸牽繫韻殘夢斷讀酒醒孤館句夜長滋味韻可怕許讀枕前多少意韻到如今讀兩總無終始韻獨自個讀贏得不成眠句成憔悴韻　添傷感句消何計韻空只恁句厭厭地韻無人處思量句幾度垂淚韻不會得讀都來些子事韻甚恁底讀抵死難拚棄韻待到頭讀終久問伊著句如何是韻

又一體　雙調九十四字，前段九句四仄韻，後段十句五仄韻　杜衍

無利無名句無榮無辱句**無煩無惱**韻夜燈前讀獨歌獨酌句獨吟獨笑韻又值群山初雪滿句又兼明月交光好韻便假饒讀百歲擬如何句從他老韻　知富貴句**誰能保**韻知功業句何時了韻算簞瓢金玉句所爭多少韻一瞬光陰何足道句但思行樂常不早韻待春來讀攜酒殢東風句眠芳草韻

又一體　雙調九十一字，前段八句四仄韻，後段十句五仄韻　葉夢得

雪後郊原句煙林外讀**梅花初坼**韻春欲半句猶自探春消息韻一眼平蕪看不盡句夜來小雨催新碧韻笑去年讀攜酒折花人句花應識韻　蘭舟漾句**城南陌**韻雲影淡句天容窄韻繞風漪十頃句暖浮晴色韻恰似槎頭收釣處句坐中仍有江南客韻問如何讀兩槳下苕溪句吞雲澤韻

又一體　雙調九十一字，前段八句四仄韻，後段九句五仄韻　葉夢得

一朵黃花句先催報讀**秋歸消息**韻滿芳枝凝露句爲誰裝飾韻便向尊前拌醉倒句古今同是東籬側韻問何須讀特地賦歸來句抛彭澤韻　**回首去年時節**韻開口笑句眞難得韻使君今那更句自成行客韻霜鬢不辭重插滿句他年此會何人憶韻記多情讀曾伴小闌干句親攀摘韻

又一體　雙調九十二字，前段八句五仄韻，後段八句七仄韻　王之道

竹馬來迎句留不住讀**寸心如結**韻歷湖濱讀須濡相望句近同吳越韻闕里風流今未滅韻此行報政看期月韻已驗康沂富國句千古曾無別韻　**多謝潤沾枯轍**韻令我神思清發韻新命歡浹韻兩邦情愜韻明日西風帆卷席韻高檣到處旌麾列韻忽相思讀吾當往句誰謂三山隔韻

又一體　雙調九十三字，前段八句四平韻，後段十句五平韻　姜夔（略）

《欽定詞譜》錄《滿江紅》14 體，13 體仄韻，唯姜夔 1 體平韻。詞譜云：「此調有仄韻、平韻兩體，仄韻詞，宋人塡者最多，其體不一，今以柳詞爲正體，其餘各以類列，《樂章集》注仙呂調，高栻詞注南呂調；平韻詞，只有姜詞一體，宋元人俱如此塡」。正體爲柳永詞，不合「平仄疊」的例外爲兩片首韻「征帆夜落」和「煙漠漠」。譜下注明此體此兩處均可用「平仄」。另 12 體仄韻詞中相似位置，張元幹詞兩片首句、戴復古詞兩片首句、呂渭老詞兩片首句、另首呂渭

老詞下片首句、蘇軾詞兩片首句、辛棄疾詞兩片首句、另一體柳永詞兩片首句、杜衍詞兩片首句、葉夢得詞兩片首句、另一體葉夢得詞兩片首句、王之道詞兩片首句，皆爲「平仄」型，共計 11 體 20 處。故此處例外可以消除。

（11）賀新郎（可以消除例外）

附詞譜原文如下（著重號爲本文所加）：

賀新郎　　雙調一百十六字，前後段各十句，六仄韻　葉夢得

睡起流鶯語韻掩蒼苔讀房櫳向曉句亂紅無數韻吹盡殘花無人問句**惟有垂楊自舞**韻漸暖靄讀初回
⊙●◯◯●　●◯◯　⊙◯◎●　◎◯◯●　◯●◯◯◯◯●　⊙●⊙◯◎●　◎◎●　⊙◯

輕暑韻寶扇重尋明月影句暗塵侵讀上有乘鸞女韻驚舊恨句鎮如許韻　江南夢斷衡江渚韻浪黏
⊙●　◎●⊙◯◯●●　●⊙◯　◎●◯◯●　⊙●●　◎◯●　⊙◯◎●◯◯●　●⊙

天讀蒲萄漲綠句半空煙雨韻無限樓前滄波意句**誰采蘋花寄取**韻但悵望讀蘭舟容與韻萬里雲帆何
⊙　⊙⊙◎⊙　◎◯⊙●　◯●◯◯◯◯◎　⊙●◎◯◎●　●◎●　⊙◯⊙●　◎●⊙◯◯

時到句送孤鴻讀目斷千山阻韻誰爲我句唱金縷韻
⊙●　●⊙◯　◎●◯◯●　⊙●●　◎◯●

此調始自蘇軾，因蘇詞後段「花前對酒」句少一字，且格調未諧，故以此詞作譜。　按，前後段第四句，惟此詞及蘇詞，俱作拗體，餘各不同，若校注入譜，恐易混淆，塡者任擇一體宗之可也。又，王邁詞之前後兩結句「數賢者，一不肖」，「清獻後，又有趙」，又一首詞後結「看卿等，上霄漢」，及譜中類列《豹隱紀談》詞之前後段第二句，「荷東君著意看承」，「怕仙槎輕轉旌旗」，呂詞之前段第五句「桃花面皮似熟」，後段第四句「春山子規更切」，俱與調不合，概不校注平仄。　按，辛棄疾詞，前段第二句「染胭脂苧羅山下」，山字平聲；李玉詞，第六句「漸玉枕騰騰夢醒」，夢字仄聲；劉克莊詞，第七句「閣老鳳樓修造手」，鳳字仄聲；辛詞，第八句「轉越江劃地迷歸路」，越字仄聲；後段第六句「爲谿散蠻煙瘴雨」，瘴字仄聲；第八句「怕壯懷激烈須歌者」，壯字仄聲，譜內可平可仄據此，餘參所採諸詞。　宋自選詞，前段起句「步自雪堂去」，雪字入聲；辛詞，第三句「清泉一勺」，一字入聲，此皆以入作平，譜內亦不校注平仄。

又一體　雙調一百十六字，前後段各十句，八仄韻　辛棄疾

瑞氣籠清曉韻卷珠簾讀次第笙歌句一時齊奏韻無限神仙離蓬島韻**鳳駕鸞車初到**

韻見擁個讀仙娥窈窕韻玉佩丁璫風縹緲韻正嬌姿讀一似垂楊嫋韻天上有句人間少韻　劉郎正是當年少韻更那堪讀天教付與句最多才貌韻玉樹瓊枝相映耀韻誰與安排忒好韻有多少讀風流歡笑韻直待來春成名了韻馬如龍讀綠綬欺芳草韻同富貴句又偕老韻

又一體　雙調一百十五字，前後段各十句，六仄韻　蘇軾（略）

又一體　雙調一百十七字，前後段各十句，七仄韻　辛棄疾（略）

又一體　雙調一百十七字，前後段各十句，七仄韻《豹隱紀談》平江妓

春色元無主韻荷東君讀著意看承句等閒分付韻多少無情風與浪句又那更讀**蝶欺蜂妒**韻算燕雀讀眼前無數韻縱使簾櫳能愛護韻到如今讀已是成遲暮韻芳草碧句遮歸路韻　看看做到難言處韻怕仙槎讀輕轉旌旗句易歌襦袴韻月滿西樓絃索靜句雲蔽昆城閬府韻便恁地讀一帆輕舉韻獨倚闌干愁拍破韻慘玉容讀淚眼如紅雨韻去與住句兩難訴韻

又一體　雙調一百十六字，前後段各十句，六仄韻　史達祖

西子相思切韻委蕭蕭讀風裳水佩句照人清越韻山染蛾眉波曼睩句**聊可與之娛悅**韻便莫賦讀湘妃羅襪韻怕見綠荷相倚恨句恨白鷗讀佔了涼波闊韻揀涼處句放船歇韻　道人不是塵埃物韻縱狂吟落魄句吹亂一巾涼發韻不覺引杯澆肺渴句**正要清歌駭發**韻更坐上讀其人冰雪韻截取斷虹堪作釣句待玉奩讀今夜來時節韻也勝釣句石城月韻

又一體　雙調一百十六字，前後段各十句，六仄韻　史達祖

綠障南城樹句有高樓銜城句樓下芰荷無數韻客自倚闌魚亦避句恐是持竿伴侶韻對前浦讀扁舟容與韻楊柳影間風不到句倩詩情讀飛過鷺鷥浦韻人正在句斷腸處韻　兩山帶著冥冥雨韻想低簾短額句誰見恨時眉嫵韻別爲青尊眠錦瑟句**怕被歌留愁住**韻便欲趁讀採蓮歸去韻前度劉郎雖老矣句奈年來讀猶道多情句韻應笑煞句舊鷗鷺韻

又一體　雙調一百十六字，前後段各十句，六仄韻　李南金

流落今如許韻我亦三生杜牧句爲秋娘著句韻先自多愁多感慨句**更值江南春暮**韻君看取讀落花飛絮韻也有吹來穿繡幌句有因風讀飄墜隨塵土韻人世事句總無據韻　佳人命薄君休訴韻若說與讀英雄心事句一生更苦韻且盡尊前今日意句**休記**

綠窗眉嫵韻但春到讀兒家庭户韻幽恨一簾煙月曉句恐明朝讀雁亦無尋處韻渾欲倩句鶯留住韻

又一體　雙調一百十五字，前後段各十句，八仄韻　馬莊父（略）

又一體　雙調一百十三字，前後段各十句，六仄韻　呂渭老

斜日封殘雪韻記別時讀檀槽按舞句霓裳初徹韻唱煞陽關留不住句桃花面皮似熱韻漸點點讀珍珠承睫韻門外潮平風席正句指佳期讀共約花同折韻情未忍句帶雙結韻　釵金未斷腸先結韻下扁舟讀更有暮山千疊韻別後武陵無好夢句**春山子規更切**韻但孤坐讀一簾明月韻蠶共繭句花同蒂句甚人生見底多離別韻誰念我句淚如血韻

又一體　雙調一百十五字，前段十句六仄韻，後段十一句六仄韻　周紫芝（略）

《欽定詞譜》錄《賀新郎》11 體，皆仄韻。正體爲葉夢得詞，不合「平仄疊」的例外爲兩片第三韻「**惟有垂楊自舞**」和「**誰採蘋花寄取**」。譜下注明此體此兩處均可用「平仄」。另 10 體仄韻詞中相似位置，辛棄疾詞上片、《豹隱紀談》平江妓詞上片、史達祖詞兩片、另一體史達祖詞下片、李南金詞兩片、呂渭老詞下片，共涉及 6 體 8 處皆爲「平仄」型格律。故此處例外可以消除。

（12）踏莎行（可以消除例外）

附詞譜原文如下（著重號爲本文所加）：

踏莎行　雙調五十八字，前後段各五句，三仄韻　晏殊

細草愁煙句幽花**怯露**韻憑闌總是消魂處韻日高深院靜無人句時時海燕雙飛去韻
◎●○○　⊙○◎●　⊙○◎●○○●　◎○⊙●●○○　⊙○◎●○○●

帶緩羅衣句香殘**蕙炷**韻天長不禁迢迢路韻垂楊只解惹春風句何曾繫得行人住韻
◎●○○　⊙○◎●　⊙○◎●○○●　⊙○◎●●○○　⊙○◎●○○●

此調以此詞爲正體，若曾詞、陳詞之添字、攤破句法、轉換宮調，皆變體也。　按，宋、元人填此調者，其字句韻悉同，惟每句平仄小異。**如前段第一、二句，黃庭堅詞「臨水夭桃，倚牆繁李」，臨字平聲，倚字仄聲，繁字平聲**；第三句，歐陽修詞「草薰風暖搖征轡」，草字仄聲，風字平聲；第四句，歐陽詞「離愁漸遠漸無窮」，離字平聲，漸字仄聲；第五句，晏幾道詞「粉香簾幕陰陰靜」，

粉字仄聲，簾字平聲；**後段第一、二句，黃詞「明日重來，落花如綺」，明字平聲，落字仄聲，如字平聲**；第三句，陳堯佐詞「畫梁輕拂歌塵轉」，畫字仄聲，輕字平聲；第四句，晏詞「宿妝曾比杏腮紅」，宿字仄聲，曾字平聲；第五句，陳詞「主人恩重珠簾卷」，主字仄聲，恩字平聲。譜內可平可仄據此。至周密詞，後段結句「莫聽酒邊供奉曲」，平仄獨異，此亦偶誤，不必從。

又一體　雙調六十六字，前後段各六句，四仄韻　曾覿

翠幄成陰句**誰家簾幕**韻綺羅香擁處讀觥籌錯韻清和將近句奈春寒更薄韻高歌看簌簌梁塵落韻

好景良辰句**人生行樂**韻金杯無奈是讀苦相虐韻殘紅飛盡句嫋垂楊輕弱韻來歲斷不負鶯花約韻

又一體　雙調六十四字，前後段各六句，四仄韻　陳亮

洛浦塵生句巫山夢斷韻旗亭芳草裏讀春深淺韻梨花落盡句荼蘼又綻韻天氣也似讀尋常庭院韻

向晚晴濃句十分惱亂韻水邊佳麗地讀近前看韻娉婷笑語句流觴美滿韻意思不到讀夕陽孤館韻

《欽定詞譜》錄《踏莎行》3體，皆仄韻。正體爲晏殊詞，不合「平仄疊」的例外爲兩片首句「**幽花怯露**」和「**香殘蕙炷**」。譜下注明此體此兩處均可用「平仄」。另2體仄韻詞中相似位置，曾覿詞兩片處皆用「平仄」型格律。故此處例外可以消除。

（13）感皇恩（可以消除例外）

附詞譜原文如下（著重號爲本文所加）：

感皇恩　雙調六十七字，前後段各七句，四仄韻　毛滂

綠水小河亭句**朱闌碧甃**韻江月娟娟上高柳韻畫樓縹緲句盡掛窗紗簾繡韻月明知我意句來相就韻

◎●●○○　⊙○◎●　⊙●○○●○●　◎○◎●　◎●⊙○○●　◎○○●●　○○●

銀字吹笙句**金貂取酒**韻小小微風弄襟袖韻寶薰濃炷句人共博山煙瘦韻露涼釵燕冷句更深後韻

⊙●⊙○　⊙○◎●　◎●○○●○●　●○⊙●　⊙●◎○○●　◎○⊙●◎　⊙⊙●

此調以此詞爲正體，若晁詞、賀詞之偷聲，周詞之添字，趙詞、汪詞之減字，皆變體也。　按，此調前後段第三句，宋詞例作拗體，俱平仄平平仄平仄，惟程大昌詞，「老幼歡迎僮婢喜」、「文字流傳曾貴紙」，僮字、曾字俱平聲，婢字、貴字俱仄聲；又，前後段第六、七句，宋詞俱作仄平平仄仄，平平仄，或仄仄仄，惟陸敦信詞，「風頭日腳下，人空老」、「而今酒興減，詩情少」，日字、酒字俱仄聲，劉鎮詞，「兒孫列兩行，萊衣戲」、「十分才一分，那裡暨」，行字、分字俱平

聲。至前段第二句，毛詞別首云，「飲少輒醉」，飲少二字俱仄聲；後段第一、二句，晁補之詞云，「憑誰向道，流水一瞬」，誰字平聲，向道二字俱仄聲，別首云，「繁枝高蔭，疏枝低繞」，低字平聲，晁沖之詞云，「熟睡起來，宿醒微帶」，熟字、宿字俱仄聲。趙企詞云，「千里斷腸，關山古道」，周紫芝詞云，「此去常恨，相從無路」，《梅苑》詞云，「堪賞占斷，三春先手」，平仄各自不同，塡者審擇一體，庶不混淆，故詳注不取參校，其餘可平可仄，悉參譜内六詞。至周詞換頭句「洞房見說」，平仄全異，亦不校注。

又一體　雙調六十七字，前後段各八句，五仄韻　晁沖之

蝴蝶滿西園句**啼鶯無數**韻水閣橋南路韻凝佇韻兩行煙柳句吹落一池飛絮韻秋韆斜掛起句人何處韻把酒勸君句閒愁莫訴韻留取笙歌住韻休去韻幾多春色句怎禁許多風雨韻海棠花謝也句君知否韻

又一體　雙調六十七字，前後段各八句，六仄韻　賀鑄

蘭芷滿汀洲句**遊絲橫路**韻羅襪塵生步韻回顧韻整鬟顰黛句脈脈多情難訴韻細風吹柳絮韻人南渡韻回首舊遊句**山無重數**韻花底深朱户韻何處韻半黃梅子句向晚一簾疏雨韻斷魂分付與韻春歸去韻

又一體　雙調六十八字，前後段各七句，四仄韻　周邦彥

露柳好風標句**嬌鶯能語**韻獨佔春光最多處韻淺顰輕笑句未肯等閒分付韻爲誰心子裏句長長苦韻洞房見說句**雲深無路**韻憑仗青鸞道情素韻酒空歌斷句又被江濤催度韻怎奈何讀言不盡句愁無數

又一體　雙調六十八字，前後段各七句，四仄韻　周紫芝

無事小神仙句**世人誰會**韻著甚來由自縈繫韻人生須是句做些閒中活計韻百年能幾許句無多子韻近日謝天句**與片閒田地**韻作個茅堂待打睡韻酒兒熟也句贏取山中一醉韻人間如意事句只此是韻

又一體　雙調六十五字，前後段各六句，四仄韻　趙長卿

景物一番新句**熙熙時候**韻小院融和漸長晝韻東君有意句爲憐纖腰消瘦韻軟風吹破眉間皺韻嫋嫋枝頭句**輕黃微透**韻舞到春深轉清秀韻錦囊多感句又更新來傷酒韻斷腸無語憑闌久韻

又一體　雙調六十六字，前後段各七句，四仄韻　汪莘

年少尋芳句**早春時節**韻飛去飛來似胡蝶韻如今老大句懶趁五陵豪俠韻夢中時聽得句秦簫咽韻割斷人間句**柳枝桃葉**韻海上書來恨離別韻舊遊還在句空鎖雲霞萬疊韻舉杯相憶處句青天月韻

《欽定詞譜》錄《賀新郎》7 體，皆仄韻。正體爲毛滂詞，不合「平仄疊」的例外爲兩片首韻「**朱闌碧甃**」和「**金貂取酒**」。譜下注明此體此兩處均可用「平仄」。另 6 體中相似位置，除晁沖之詞下

片首句用「仄仄」，其他 11 處全部用「平仄」型。故此處例外可以消除。

（14）青玉案（可以消除例外）

附詞譜原文如下（著重號爲本文所加）：

青玉案 雙調六十七字，前後段各六句，五仄韻 賀鑄

凌波不過橫塘路韻但目送讀芳塵去韻**錦瑟年華誰與度**韻月樓花院句綺窗朱户韻惟有春知處韻
⊙○◎●○○● ●◎● ○○● ◎●⊙○○●● ◎○⊙● ◎○⊙● ⊙●○○●

碧雲冉冉蘅皋暮韻彩筆空題斷腸句韻**試問閒愁知幾許**韻一川煙草句滿城風絮韻梅子黄時雨韻
◎○◎●○○● ◎●○○●○● ◎●⊙○○●● ◎○⊙● ◎○⊙● ⊙●○○●

又一體 雙調六十七字，前後段各六句，四仄韻 蘇軾（略）

又一體 雙調六十八字，前後段各六句，四仄韻 李彌遜（略）

又一體 雙調六十六字，前後段各六句，四仄韻 毛滂（略）

又一體 雙調六十六字，前後段各六句，五仄韻 史達祖（略）

又一體 雙調六十六字，前後段各六句，五仄韻、一疊韻 張炎（略）

又一體 雙調六十八字，前後段各六句，四仄韻 吳潛（略）

又一體 雙調六十九字，前後段各六句，四仄韻 胡銓（略）

又一體 雙調六十七字，前後段各六句，四仄韻 李清照（略）

又一體 雙調六十八字，前後段各六句，四仄韻 曹組（略）

又一體 雙調六十八字，前後段各五句，五仄韻 毛滂

今宵月好來同看韻月未落讀人還散韻**把手留連簾兒畔**韻含羞和恨轉嬌盼韻任花映讀春風面韻

相思不用寬金釧韻也不用讀多情似玉燕韻**問取嬋娟學長遠**韻不必清光夜夜見韻但莫負讀團圓願韻

又一體 雙調六十六字，前後段各六句，五仄韻 趙長卿（略）

又一體 雙調六十八字，前段五句四仄韻，後段六句四仄韻 趙長卿（略）

《欽定詞譜》錄《青玉案》13 體，皆仄韻。正體爲賀鑄詞，不合「平仄疊」的例外爲兩片第三韻「**錦瑟年華誰與度**」和「**試問閒愁知幾許**」。譜下注明此體此兩處須用「仄仄」。另 12 體仄韻詞中相似位置，11 體皆用「仄仄」，但有一體毛滂詞兩片處用到「平仄」。故此處例外也可以消除。

（15）紅窗迴（可以消除 1 處例外）

附詞譜原文如下（著重號爲本文所加）：

紅窗迴　雙調五十三字，前段六句四仄韻，後段五句三仄韻　周邦彥

幾日來句眞個醉韻早窗外亂紅句已深半指韻**花影被風搖碎**韻擁春酲未起韻
○●○　⊙●●　●⊙●◎⊙　●○◎●　○●●○⊙●　●⊙○●●

有個人人生濟楚句向耳邊問道句今朝醒未韻**情性漫騰騰地**韻惱得人越醉韻
◎●⊙○○●●　●●○●●　○○●●　⊙●◎○○●　●●○●●

又一體　雙調五十三字，前段六句五仄韻，後段四句四仄韻　歐良

河可挽韻石可轉韻那一個愁字句卻難驅遣韻**眉向酒邊暫展**韻酒後依舊見韻

楓葉滿階紅萬片韻待拾來讀一一題寫教遍韻卻倩霜風吹卷韻直到沙島遠韻

《欽定詞譜》錄《紅窗迴》2 體，皆仄韻，主體爲「仄仄疊」。正體爲周邦彥詞，不合「仄仄疊」的例外爲兩片第三韻「**花影被風搖碎**」和「**情性漫騰騰地**」。譜下注明此體上片第三韻可用「仄仄」。另一體歐良詞中相似位置，上片亦用 「仄仄」。故此處上片例外可以消除，下片例外則不可消除。

（16）水龍吟（可以消除例外）

附詞部份譜原文如下（著重號爲本文所加）：

水龍吟　雙調一百二字，前段十一句四仄韻，後段十一句五仄韻　蘇軾

霜寒煙冷蒹葭老句天外征鴻嘹唳韻銀河秋晚句長門燈悄句一聲初至韻應念瀟湘句岸遙人靜句水
⊙○⊙●○○●　⊙●⊙○○●　⊙○⊙●　⊙○⊙●　◎○⊙●　⊙●○○　◎○⊙●　◎

多菰米韻乍望極平田句徘徊欲下句依前被讀風驚起韻　**須信衡陽萬里**韻有誰家讀錦書遙寄韻
○⊙●　●◎◎⊙⊙　⊙○◎●　⊙○●　○○●　⊙●⊙○◎●　●○○　◎○⊙●

萬重雲外句斜行橫陣句**才疏又綴**韻仙掌月明句石頭城下句影搖寒水韻念征衣未擣句佳人拂杵句
◎○⊙●　⊙○⊙●　⊙○◎●　⊙●◎○　◎○○●　●○○●　●○○●●　○○◎●

有盈盈淚韻
◎○○●

《欽定詞譜》錄《水龍吟》25 體，24 仄韻詞，1 平韻詞。正體爲蘇軾仄韻詞，不合「平仄疊」的例外爲下片首韻「**須信衡陽萬里**」和第三韻「**才疏又綴**」。譜下注明此體此兩處均可用「平仄」。另 23 體仄韻詞中相似位置，用「平仄」者有：趙長卿詞下片第二韻、楊無

咎詞下片第三韻、另一體趙長卿詞下片第三韻、晁端禮詞下片首韻、另一體趙長卿詞下片第三韻、秦觀詞下片第三韻、另一秦觀體下片兩處、程垓詞下片第三韻、劉過詞下片兩處、另一體吳文英詞下片首韻、葛立方詞下片兩處、張雨詞下片第二韻、《高麗史・樂志》無名氏詞下片第二韻、另一體《高麗史・樂志》無名氏詞下片第二韻。故此處例外可以消除。

（17）花心動（可以消除例外）

附詞譜原文如下（著重號爲本文所加）：

花心動　雙調一百四字，前段十句四仄韻，後段八句五仄韻　史達祖

風約簾波句錦機寒讀難遮海棠煙雨韻夜酒未蘇句春枕猶攲句曾是誤成歌舞韻半褰薇帳雲頭散句奈
⊙●○○ ●○○ ○○●○○● ◎●◎○ ⊙●○○ ⊙●●○○● ●○○●○○● ◎

愁味讀不隨香去韻盡沉靜句文園更渴句有人知否韻　**懶記溫柔舊處**韻偏只怕讀臨風見他桃樹韻
⊙● ◎○○● ●○● ○○●● ●○○● ●●○○◎● ○◎● ○○●○○●

繡户鎖塵句錦瑟空弦句無復畫眉心緒韻待拈銀管書春恨句被雙燕讀替人言語韻望不盡讀**垂楊幾千**
◎●◎○ ◎●○○ ⊙●●○○● ◎○⊙●○○● ◎⊙● ◎○○● ●◎● ⊙○●○

萬縷韻
●●

此調始自周邦彥，但周詞後段多押兩韻，宋人照此塡者甚少，故以史詞作譜。若吳詞之多押一韻，趙詞之多押兩韻、或添字，劉詞之句讀小異，謝詞之句讀不同，曹詞、無名氏詞之減字，悉爲類列，以備各體。　譜內可平可仄，參下周、吳、劉、趙四詞。　此詞前段第二句，例作仄平平，平平仄平平仄，若趙長卿詞「暗香飄，撲面無限清楚」，與調不合。又，前後段第三、四句俱四字，第二字例用仄聲，第四字例用平聲，若張元幹詞「簟枕乍閒，襟裾初試」、「舊恨未平，幽歡難駐」，與諸家不同，概不校注平仄。　又按，黃子行詞，前段第二句「把謫仙、長笛一聲吹裂」，謫字入聲，以入作平；張元幹詞，前段第八句「夜未闌」，未字仄聲，闌字平聲；後段結句「南樓畫角自語」，角字仄聲；馬古洲詞，前段第二句「被年時、桃花杏花佔了」，占字仄聲；前後段第七句「試濃抹、當場索笑」、「又何必、拈枝比較」，索字、比字仄聲。俱與諸家不同，及譜中劉詞，後段第三句「一」字入聲，第八句「不」字入聲，俱以入作平；趙詞前段結句「滿」

字仄聲，曹詞後段結句「鳳」字仄聲，俱與調不合，亦不校注平仄。

又一體　雙調一百四字，前段十句四仄韻，後段九句七仄韻　周邦彥（略）

又一體　雙調一百四字，前段十句五仄韻，後段九句五仄韻　吳文英（略）

又一體　雙調一百四字，前段十句四仄韻，後段九句五仄韻　劉燾（略）

又一體　雙調一百四字，前段十句五仄韻，後段九句六仄韻　趙長卿

風軟寒輕句暗香飄讀撲面無限清楚韻乍淡乍濃句應想前村句定是早梅初吐韻馬兒行過坡兒下句危橋外讀竹梢疏處韻半斜露韻花花蕊蕊句燦然滿樹韻　**一晌看花凝佇**韻因念我讀西園玉英眞素韻最是繫心句婉娩精神句伴得水雲仙侶韻斷腸沒奈人千里句無計向讀釵頭頻覷韻淚如雨韻那堪又還日暮韻

又一體　雙調一百四字，前段十句四仄韻，後段十一句五仄韻　謝逸

風裏楊花輕薄性句銀燭高燒心熱韻香餌懸鉤句魚不輕吞句辜負釣兒虛設韻桑蠶到老絲長絆句針刺眼讀淚流成血韻思量起句拈枝花朵句果兒難結韻　海樣情深忍撇韻似夢裏相逢句不勝歡悅韻出水雙蓮句摘取一枝句可惜並頭分折韻猛期月滿會垣娥句誰知是句初生新月韻折翼鳥句**甚日於飛時節**韻

又一體　雙調一百字，前段十句四仄韻，後段十句五仄韻　曹勳（略）

又一體　雙調一百五字，前段十一句四仄韻，後段九句六仄韻　趙長卿

綠水平湖句浸芙渠爛錦句豔勝傾國韻半斂半開句斜立斜敧句好似困嬌無力韻水仙應赴瑤池宴句醉歸去讀美人扶策韻駐香駕句擁波心句媚容倩妝顏色韻　**曾見苕川澄碧**韻匀粉面讀溪頭舊時相識韻翠被繡裀句彩扇香篝句度歲杳無消息韻露痕滴盡風前淚句追往恨讀悠悠蹤跡韻動怨憶韻多情自家賦得韻

又一體　雙調一百一字，前段九句四仄韻，後段十句五仄韻《花草粹編》無名氏

忽睹菱花句這一程讀減卻風流顏色韻鄰姬戲問句愧我爲羞句無語低頭寥寂韻珠淚紛紛和粉垂句襟袂舊痕乾又濕韻但感起愁懷句堆堆積積韻　**杜宇催春急**韻煙籠花柳句粉蝶難尋覓韻紫燕喃喃句黃鶯恰恰句對景脂消香浥韻篆煙將盡愁未休句乍得御溝玻璃碧韻教紅葉往來句**傳個消息**韻

《欽定詞譜》錄《花心動》9體，皆仄韻。正體爲史達祖詞，不合「平仄疊」的例外爲下片首句小韻「**懶記溫柔舊處**」和尾句「**垂楊幾千萬縷**」。譜下注明此體下片首句小韻可用「平仄」。另8體中相似

位置，趙長卿詞下片首句、謝逸詞下片末句、另一體趙長卿詞下片首句、《花草粹編》無名氏詞下片首末兩處，涉及 4 體 5 處皆用「平仄」。故此處例外可以消除。

上面，我們逐一分析了 17 首仄韻詞中未按「疊式律」進行組合的 25 個例外韻段，詳細考察了這 25 個韻段的例外是否可以避免。下面我們以圖表的方式總結上述討論：

表 8－4　仄韻詞中不合「疊式律」的押韻句考察

不合「疊式律」的仄韻詞	不合「疊式律」的押韻句的句數〔位置〕	可以消除例外成為符合「疊式律」的押韻句句數	不能消除例外的位置及原因
點絳唇	仄 1（平仄疊）	1	
鵲橋仙	仄 1（平仄疊）	1	
洞仙歌	仄 1（平仄疊）	1	
醉落魄	仄 1（平仄疊）	1	
永遇樂	仄 1（平仄疊）		結句，煞尾迭用兩仄字多用「上去」或「去上」
桃源憶故人	仄 1（平仄疊）	1	
祝英臺近	仄 1（平仄疊）	1	
蘇武慢	仄 1（平仄疊）	1	
鸚鵡曲	仄 1（平仄疊）		結句。詞句轉腔，例用去聲，煞尾迭用兩仄字，尤不可誤（見詞譜說明）
滿江紅	仄 2（平仄疊）【兩片首句例外】	2	
賀新郎	仄 2（平仄疊）【兩片第三句例外】	2	
踏莎行	仄 2（平仄疊）【兩片首句例外】	2	

感皇恩	仄 2（平仄疊）【兩片首句例外】	2	
青玉案	仄 2（平仄疊）【兩片第三句例外】	2	
紅窗迥	仄 2（仄仄疊）【兩片第三句例外】	1	次結句。造成參差
水龍吟	仄 2（平仄疊）【下片首句小韻及第 3 句例外】	2	
花心動	仄 2（平仄疊）【下片首句小韻及尾句例外】	2	
總計 17 體	25 處	22 處	兩種情況：結句和次結句

小結：**仄韻詞韻段末句不符合「疊式律」的 25 處例外，有 22 處是可以避免的**，不可避免的例外很少（據本文進一步檢查，在《詞譜》範圍內不能消除例外的紅窗迥，在《全宋詞》中其例外可以得到消除）。單從這點看，「疊式律」在仄韻詞中的貫徹幾乎比平韻詞更突出。**不可避免的例外，主要發生在下片結句和次結句**（**平韻詞不可避免的例外爲兩片首句、兩片結句和次結句**）。顯然，次結句和結句是仄韻詞的最特殊位置，某些時候這些位置上格律模式有特殊的要求。《永遇樂》和《鷓鴣曲》的結句，多上去連用，是詞中少有的特別強調用上去聲的「用拗」的例子。這些地方特殊的規律，還有待進一步總結。

討論二：7 首韻仄詞選擇使用「交替律」和特殊「交替律」，是否有什麼內在原因？

選擇使用「交替律」進行組合韻段的仄韻詞有以下五首：

13 蝶戀花　雙調六十字，前後段各五句，四仄韻　馮延巳

六曲闌干偎碧樹。楊柳風輕，展盡黃金縷。誰把鈿箏移玉柱。穿簾海燕雙飛去。

滿眼遊絲兼落絮。紅杏開時，一霎清明雨。濃睡覺來鶯亂語。驚殘好夢無尋處。

20 漁家傲　雙調六十二字，前後段各五句，五仄韻　晏殊

畫鼓聲中昏又曉。時光只解催人老。求得淺歡風日好。齊揭調。神仙一曲漁家傲。

綠水悠悠天杳杳。浮生豈得長年少。莫惜醉來開口笑。須信道。人間萬事何時了。

33 驀山溪　雙調八十二字，前後段各九句，三仄韻　程垓

老來風味，是事都無可。只愛小書舟，剩圍著，琅玕幾個。呼風約月，隨分樂生涯，不羨富，不憂貧，不怕烏蟾墮。

三杯徑醉，轉覺乾坤大。醉後百篇詩，盡從他，龍吟鶴和。升沉萬事，還與本來天，青雲上，白雲間，一任安排我。

54 蘇幕遮　雙調六十二字，前後段各七句，四仄韻　范仲淹

碧雲天，黃葉地。秋色連波，波上含煙翠。山映斜陽天接水。芳草無情，更在斜陽外。

黯鄉魂，追旅思。夜夜除非，好夢留人睡。明月樓高休獨倚。酒入愁腸，化作相思淚。

89 天仙子　單調三十四字，六句五仄韻　皇甫松

晴野鷺鷥飛一隻。水葒花發秋江碧。劉郎此日別天仙，登綺席。淚珠滴。十二晚峰高歷歷。

除一首《驀山溪》例外，上述選擇「交替律」組織韻段的仄韻詞與選擇「交替律」的仄韻詞有相似特徵，一是多整齊的七言，二是多單句韻段。我們可以這樣理解，這種一句一押韻且以五七言爲主導的詞，一方面受律詩影響，另一方面也是爲了使自身的聲音更豐富化，自然而然選擇了使用「交替律」。由此，我們得出一個結論，仄韻詞選用「交替律」來組織韻段的原因，大概與平韻詞相似。

選擇特殊交替律進行韻段組合仄韻詞有以下兩體：

29 謁金門　雙調四十五字，前後段各四句，四仄韻　韋莊

空相憶。無計得傳消息。天上嫦娥人不識。寄書何處覓。

新睡覺來無力。不忍看伊書跡。滿院落花春寂寂。斷腸芳草碧。

81 燭影搖紅　雙調四十八字，前段四句兩仄韻，後段五句三仄韻　毛滂

老景蕭條，送君歸去添淒斷。贈君明月滿前溪，直到西湖畔。

門掩綠苔應遍。爲黃花，頻開醉眼。橘奴無恙，蝶子相迎，寒窗日短。

其中，《謁金門》選擇兩句一換格律的形式，《燭影搖紅》則採取

上下片交換格律的形式。這種特殊格律交替的形式，可能是詞中尚未充分發掘出來的韻段組織方式。

討論三：為什麼仄韻詞「疊式律」主要採用「平仄疊」的方式？

我們發現，**27** 體採用「疊式律」的仄韻詞中，**25** 首採用的是「平仄疊」模式，只有兩首（《玉樓春》、《紅窗迴》）例外地採用了「仄仄疊」——這是非常驚人的現象。它足以說明，在仄韻詞的「疊式律」組織模式中，「平仄疊」甚至可以說是詞人的唯一選擇。

那麼，爲什麼會發生這種情況呢？

我們來看兩首例外選擇「仄仄疊」的詞，這兩體詞分別是顧敻的《玉樓春》和周邦彥的《紅窗迴》。從這兩首詞，我們實在是看不出有什麼特別之處。我們只能試著作出這樣的解釋，總的來看，「平仄」比「仄仄」舒緩，易於拖長歌唱，即使是仄韻詞，在情感上很激越，但也仍求其誦讀時舒緩，歌唱時餘音不絕，「仄仄」實在太過局促，除非一些非常特別的要求，仍多不取「仄仄」作爲韻末。《玉樓春》和《紅窗迴》要算是很特殊的格律選擇了。

討論四：還有 10 體仄韻詞既未選擇「疊式律」，也未選擇「交替律」，呈現出無規則狀態，說明了什麼？

10 體既未選擇「疊式律」，也未選擇「交替律」的仄韻詞分別是：摸魚兒、齊天樂、瑞鶴仙、霜天曉角、雨中花、風流子、杏花天、撥棹歌、應天長。我們對其韻段組織進行了詳細考察，發現其韻段組織的確呈現出無規則狀態。而在平韻詞中則基本沒有這類情況。對此，我們理解爲，平韻詞受平韻律詩的影響較深，故而一開始就呈現出明顯的規則性，即首創作家要麼選擇與律詩特點相似的「交替律」，要麼選擇與律詩完全不同的特點鮮明的「平平律」；而仄韻詞則一開始就較少受平韻律詩的影響和約束，因而具有較大的靈活性，作家在選擇時往往較爲隨意。

我們甚至可以推測，這些詞體從格律角度看尚未達到完全的成熟狀態。這可以從兩個方面得到證明：第一、我們可以從它們擁有詞體數看一下，其中有 7 個詞牌擁有詞體數超過 8 個，可見其不穩定性和不成熟特點；第二、我們可以從《欽定詞譜》對正體韻段末句的格律規定看（附《欽定詞譜》10 個正體原文對韻段末句格律規定）：

摸魚兒　雙調一百十六字，前段十句六仄韻，後段十一句七仄韻　晁補之

買陂塘讀旋栽楊柳句依稀淮岸湘浦韻東皐雨足輕痕漲句沙嘴鷺來鷗聚韻堪愛處韻最好是讀一川

●○○ ◎○○● ⊙○⊙●○● ⊙○◎●○○● ⊙●◎○○● ○●● ◎●● ◎○

夜月光流渚韻**無人自舞**韻任翠幕張天句柔茵藉地句酒盡未能去韻　青綾被句**休憶金閨故步**韻

◎●○○● ⊙○◎● ●◎●○○ ⊙○◎● ◎●◎○●　○○● ⊙●○○◎●

儒冠曾把身誤韻弓刀千騎成何事句荒了邵平瓜圃韻君試覷韻滿青鏡讀星星鬢影今如許韻**功名浪**

⊙○⊙●○● ⊙○⊙●○○● ⊙●◎○○● ○●● ◎⊙● ⊙○◎●○○● ⊙○◎

語韻便做得班超句封侯萬里句歸計恐遲暮韻

● ◎◎●○○ ⊙○◎● ⊙●●○●

齊天樂　雙調一百二字，前段十句五仄韻，後段十一句五仄韻　周邦彥

綠蕪凋盡臺城路句殊鄉又逢秋晚韻暮雨生寒句鳴蛩勸織句深閣時聞裁剪韻**雲窗靜掩**韻歎重拂羅

◎○⊙●○○● ○⊙●○⊙● ◎●○○ ⊙○◎● ⊙●⊙○⊙● ⊙○◎● ●⊙●○

裀句頓疏花簟韻尚有練囊句露螢清夜照書卷韻　荊江留滯最久句故人相望處句離思何限韻渭

○ ◎○○● ◎●○○ ◎○⊙●●○●　⊙○⊙●◎● ●○○●● ⊙◎○● ◎

水西風句長安亂葉句**空憶詩情宛轉**韻**憑高望遠**韻正玉液新篘句蟹螯初薦韻醉倒山翁句但愁斜照

●○○ ⊙○◎● ⊙●○○◎● ⊙○◎● ●◎⊙○○ ●○○● ◎●○○ ●○○●

斂韻

●

瑞鶴仙　雙調一百二字，前段十一句七仄韻，後段十一句六仄韻　周邦彥

悄郊園帶郭韻行路永句客去車塵漠漠韻**斜陽映山落**韻斂餘紅句猶戀孤城闌角韻淩波步弱韻過短

●○○●● ⊙◎◎ ◎◎○⊙◎● ○○◎⊙● ◎○⊙ ⊙●⊙○○● ⊙○●● ●◎

亭讀何用素約韻有流鶯勸我句重解雕鞍句緩引春酌韻　不記歸時早暮句上馬誰扶句醒眠朱閣韻

○ ○◎●● ●○○●● ○◎⊙⊙ ●◎○●　◎●○○◎● ◎◎○⊙ ●⊙○●

驚飈動幕韻扶殘醉句繞紅藥韻歎西園句已是花深無地句東風何事又惡韻任流光過卻韻猶喜洞天

⊙○●● ⊙⊙● ◎○● ●○○ ◎●○○○● ○⊙⊙◎◎● ●○○●● ○◎●○

自樂韻

●●

霜天曉角　雙調四十三字，前段四句三仄韻，後段五句四仄韻　林逋

冰清霜潔韻昨夜梅花發韻甚處玉龍三弄句聲搖動讀枝頭月韻

⊙○⊙●　◎◎○⊙●　◎●◎○⊙●　⊙⊙●　⊙⊙●

夢絕韻金獸熱韻**曉寒蘭燼滅**韻更卷珠簾清賞句且莫掃讀階前雪韻

◎●　⊙●●　◎⊙⊙◎●◎●⊙○⊙●　◎◎●　⊙⊙●

雨中花令　雙調五十一字，前後段各四句，三仄韻　晏殊

剪翠妝紅欲就韻**折得清香滿袖**韻一對鴛鴦眠未足句葉下長相守韻

◎●⊙○◎●　◎◎⊙○◎●　◎●○○○●●　◎●○○●

莫傍細條尋嫩藕韻怕綠刺讀罥衣傷手韻可惜許讀月明風露好句恰在人歸後韻

◎●◎○○●●　●◎●　●○○●　●●●　●○○●●　◎●○○●

風流子　單調三十四字，八句六仄韻　孫光憲

樓依長衢欲暮韻**瞥見神仙伴侶**韻微傳粉句攏梳頭句隱映畫簾開處韻無語韻無緒韻慢曳羅裙歸去韻

○●⊙○◎●　◎●⊙○◎●　○●●　●○○　◎●◎○⊙●　○●　○●　◎●⊙○○●

杏花天　雙調五十四字，前後段各四句，四仄韻　朱敦儒

淺春庭院東風曉韻細雨打讀鴛鴦寒悄韻花尖望見秋韆了韻**無路踏青門草**韻

◎⊙⊙◎○⊙●　◎◎◎　⊙○⊙●　⊙○◎●○○●　○●◎○◎●

人別後讀**碧雲信杳**韻對好景讀愁多歡少韻等他燕子傳音耗韻**紅杏開還未到**韻

⊙◎●　◎○◎●　◎◎◎　⊙○⊙●　◎⊙◎◎○⊙●　⊙●⊙○◎●

撥棹子　雙調六十一字，前段五句五仄韻，後段四句四仄韻　尹鶚

風切切韻深秋月韻十朵芙蓉繁豔歇韻憑小檻讀細腰無力韻空贏得讀目斷魂飛何處説韻

○●●　○⊙●　◎●⊙○○●●　○●●　◎○○●　○○●　◎●○○○●●

寸心恰似丁香結韻看看瘦盡胸前雪韻偏掛恨讀少年拋擲韻羞睹見讀繡被堆紅閒不徹韻

◎○●●⊙○●　⊙⊙●◎○⊙●　○●●　●○○●　⊙●●　●●○○⊙●●

應天長　雙調五十字，前後段各五句，四仄韻　韋莊

綠槐陰裏黃鸝語韻深院無人春晝午韻畫簾垂句金鳳舞韻寂寞繡屏香一炷韻

◎⊙⊙◎○⊙●　⊙●⊙○○●●　◎○⊙　⊙◎●　◎●◎○○●●

碧天雲句無定處韻空有夢魂來去韻**夜夜綠窗風雨**韻斷腸君信否韻

●○○　○●●　⊙●◎○○●　◎●◎○⊙●　◎⊙⊙◎●

《風流子》《杏花天》可以完全遵循「平仄疊」;《摸魚兒》《齊天樂》《霜天曉角》《雨中花》皆可以轉化爲只一兩個韻段不能遵循「平

仄疊」（具體討論見下表）。

表 8－5　10 體韻段無規則仄韻詞情況考察

<table>
<tr><th>詞牌名</th><th>欽定詞譜載詞體數</th><th>韻段末句關係</th><th>按詞譜正體規定不合「疊式律」的韻段數量、位置</th><th>考察「一調多體」同位置是否可以消除上列正體中必用「仄仄」的例外</th></tr>
<tr><td>十二時</td><td>七言詩</td><td>仄（5 平仄＋3 仄仄）
bbBB||BbBB</td><td>3，唐詞尚不完善</td><td></td></tr>
<tr><td>摸魚兒</td><td>9</td><td>仄（8 平仄＋5 仄仄）
BBbBbB||bBBbBbB</td><td>2，上下片對稱小韻處</td><td>無法消除例外</td></tr>
<tr><td>齊天樂</td><td>8</td><td>仄（6 平仄＋4 仄仄）
BBbBB||BbbBb</td><td>1，結句</td><td>無法消除例外</td></tr>
<tr><td>瑞鶴仙（主「仄仄疊」）</td><td>16</td><td>仄（5 平仄＋8 仄仄）
bbBBbbB||BbBbbb</td><td>4，上片 3 韻 4 韻，下片首韻 3 韻</td><td></td></tr>
<tr><td>霜天曉角</td><td>9</td><td>仄（5 平仄＋3 仄仄）
BBBB||bbbB</td><td>1，下片次句</td><td>無法消除例外</td></tr>
<tr><td>雨中花</td><td>12</td><td>仄（3 平仄＋3 仄仄）
bbB||bBB</td><td>1，下片首句</td><td>無法消除例外</td></tr>
<tr><td>風流子</td><td>9</td><td>仄（3 平仄＋2 仄仄）
bbBBB</td><td>0</td><td></td></tr>
<tr><td>杏花天</td><td>3</td><td>仄（5 平仄＋3 仄仄）
BBBb||bBBb</td><td>0</td><td></td></tr>
<tr><td>撥棹歌</td><td>3</td><td>仄（5 平仄＋4 仄仄）
bBbBb||BBBb</td><td>4</td><td>可以全部消除</td></tr>
<tr><td>應天長（主「仄仄疊」）</td><td>12</td><td>仄（3 平仄＋5 仄仄）
Bbbb||bBBb</td><td>1，下片次句</td><td>無法消除例外</td></tr>
</table>

小結：

仄韻詞的韻段組織規律有「疊式律」、「交替律」和不規則等三種情況。多七言多由單句構成韻段的詞中，常選擇「交替律」組織韻段；在其他多數情況下，則主要選擇「疊式律」組織韻段。在選擇「疊式律」組織韻段時，主要選用「平仄疊」。爲增強韻律的豐富性和起到提示作用，常在結句和次結句等位置參差使用不同類型的格律。總地來看，「疊式律」對於仄韻詞，雖不如對於平韻詞那樣成熟，但仍然帶有普遍意義。今後我們可以說，「平仄律」爲主導的「疊式律」是仄韻詞的主要組織形式，「交替律」則是仄韻詞的補充性組織形式。在仄韻詞中，還出現了不少游移不定的情況，這些都可以看成是仄韻詞體還不夠成熟和完善的表現。

第五節　論平仄混韻詞的韻段組織規律及叶韻規律

本節探討常用百體中平仄混韻詞的組織特點。

上兩節，我們分別討論了平韻詞和仄韻詞的韻段組合規律。我們發現，平韻詞和仄韻詞的韻段組合規律相對簡單，除少部份遵循「交替律」外，大多遵循「疊式律」，平韻詞韻段組織方式以「平平疊」爲主，仄韻詞韻段組織方式主要是「平仄疊」。而且我們檢查到，無論「平平疊」、「平仄疊」還是「交替疊」，都是一韻到底，幾乎沒有換韻的例外。平韻詞的一韻到底固然是由於平不分陰陽；仄韻詞的一韻到底則是因爲，入聲獨協，上去相協，兩者各自獨立，互不干涉。對比平韻詞和仄韻詞，平仄混韻詞的韻段組合規律顯然要複雜得多。受到換韻影響，平仄混韻詞表現出複雜的韻段組織特徵。這一節，我們來探討，受到換韻干擾後，詞的韻段組織和叶韻所能表現出的若干規律。

我們仍以常用百體爲例來說明。常用百體中，平仄雜韻詞有 15 首（15%）。

一、平仄混韻詞的韻段組織規律主要體現爲叶韻規律

我們首先來討論一個問題，在平仄雜韻詞中，「平平型」「平仄型」是否仍然構成叶韻句的主流格律？

爲此，我們回顧《常用百體押韻句（韻段末句）格律關係狀況考

察表》，得到關於平仄混韻詞的情況：

表 8－6　平仄混韻詞押韻句（韻段末句）格律關係狀況考察

平仄混韻詞			
清平樂	15	定（4－5－7－6）|（6－6－66）	混（3 平平＋4 平仄）
虞美人	21	（7－5）－（7－63）|重	混（4 平平＋4 平仄）
烏夜啼	61	6－3－63|（3－3）－3－63	混（5 平平＋換片處 2「平仄」）
最高樓	83	定 35－5－77－333|（35－35）－33－77－333	混（7 平平＋換片處 2「仄仄」）
西江月	7	定 66－7－（6）|重	混（4 平平＋1 平仄＋1 仄仄）
喜遷鶯	53	定 33－5－7－5|重【（33－5）－（7－5）】	混（4 平平＋1 平仄＋1 仄仄＋2 平平）
昭君怨	95	（6－6）－（5－3）|重	混（4 平平＋3 平仄＋1 仄仄）
減字木蘭花	12	（4－7）－（4－7）|重	混（2 平平＋2 仄平＋4 仄仄）
南鄉子	17	（4－7）－（7－2－7）	混（2 平平＋1 平仄＋2 仄仄）
巫山一段雲	69	55－（7－5）|（6－6）－（7－5）	混（2 平平＋2 平仄＋3 仄平）
菩薩蠻	6	（7－7）－（5－5）|（5－5）－（5－5）	混（2 平平＋3 平仄＋2 仄平＋1 仄仄）
定風波	57	7－7－（7－2）－7|（7－2）－7－（7－2）－7	混（4 平平＋3 平仄＋1 仄平＋3 仄仄）
更漏子	71	（33－6）－（33－5）|（3－3－6）－（33－5）	混（2 平平＋3 平仄＋2 仄平＋2 仄仄）
酒泉子	80	定 4－（6－33）－3|（7－5－33）－3	混（2 平平＋2 平仄＋1 仄平＋3 仄仄）
河傳	92	（2－2）－（3－6－7－2－5）|（7－3－5）－（3－3－2－5）	混（3 平平＋6 仄平＋3 平仄＋2 仄仄）

從表中，我們可以看出：

（1）15 首平仄雜韻詞中，平韻型叶韻句以「平平型」爲主；

（2）15 首平仄轉韻詞中，除《減蘭》哈《酒泉子》例外，仄韻型叶韻句以「平仄型」爲主；

（3）叶韻句全部由「平平型」和「平仄型」構成的詞只有 2 首，分別是《清平樂》和《虞美人》;《烏夜啼》和《最高樓》兩首較特殊，除去下片首句「插入韻」的例外，通首叶韻句皆爲「平平型」和「平仄型」的詞也有兩首，分別是《烏夜啼》和《最高樓》;

（4）各詞體中，押韻情況複雜多變，主導了韻段組織的主要形式。

由以上分析我們可以得出下面的結論：混韻詞中，「平平型」和「平仄型」仍是叶韻句主導，但其重要性大爲降低，只剩下統計學意義，已難於構成如「疊式律」、「交替律」一樣強有力的規律；混韻詞的韻段組織規律受叶韻影響顯著，主要表現爲複雜的叶韻規律。

所以，爲了弄清混韻詞的韻段組織規律，我們必須探討混韻詞的叶韻規律。

二、叶韻研究歷史及王力對詞的叶韻研究

在進行探討之前，我們先來回顧一下叶韻研究的歷史和現狀。

對叶韻研究的重視，仍自劉勰。《文心雕龍——卷 34 章句》稱：「若乃改韻從調，所以節文辭氣。賈誼、枚乘，兩韻輒易；劉歆、桓譚，百句不遷；亦各有其志也。昔魏武論賦，嫌於積韻，而善於貿代。陸雲亦稱「四言轉句，以四句爲佳」。觀彼製韻，志同枚、賈。然兩韻輒易，則聲韻微躁；百句不遷，則唇吻告勞。妙才激揚，雖觸思利貞，曷若折之中和，庶保無咎。」〔註 7〕叶韻研究，大約包括性質研究、類型研究、歷史演變研究等基本內容。我國叶韻研究，首推韻書，餘概不發達。**古代韻書發達，叶韻研究，獨取韻類，其他如性質研究、類型研究、演變研究至爲簡略**。如果說，唐前押韻研究受實際影響——唐前詩歌叶韻簡單，以「一韻到底」爲主，輔以簡單「轉韻」——其

〔註 7〕范文瀾：《文心雕龍注》，人民文學出版社 1958 年版，頁 571。

只重韻類尚可以理解；那麼，唐以後，詩詞叶韻情況已發生巨變，叶韻類型十分發達，而叶韻研究仍近於空白，則不能不令人遺憾。改變這種狀況的是近代語言學家王力。王力在**《漢語詩律學》中，借助西方韻律學說，第一個對中國詩歌韻文的叶韻規律——進行了系統說明，爲漢語叶韻研究打下了堅實的基礎**。王力之後，叶韻研究走向縱深，雖無明顯理論突破，但取徑甚廣，所獲甚豐。北大民俗學會段寶林、過偉、劉琦等 1985 年編定《民間詩律》，1991 年編定《民間詩律》第二集《中外民間詩律》，1999 年編定《民間詩律》第三集《古今民間詩律》，是爲「民間三律」。是書歷時 15 年，編定 183.2 萬字，王力、臧克家、馮至、公劉作序，參與作家 100 餘人，收集論文 154 篇，討論涉及漢族各省市主要方言區民歌格律，55 個少數名族民歌格律，以及外國主要國家主要語種 39 個國家的詩歌民歌格律，資料豐贍，內容廣泛，大陸近二十年詩律研究近入斛中，新中國詩律研究範圍亦莫超於此，允爲新中國以來詩律研究長篇資料巨著。可以說，若以此書爲基礎，不難創立中國詩歌叶韻體系。惜乎尚無人做這一工作。

王力的研究，與詞的研究最爲相關，是爲本文的研究基礎。下面主要介紹王力的相關研究。

王力對叶韻的研究，主要有以下幾點：

（一）提出中國詩歌用韻「三分期」說。王力認爲：

> 詩歌及其他韻文的用韻標準，大約可分爲三個時期，如下：
>
> 唐以前爲第一期。在此時期中，完全依照口語而押韻。
>
> 唐以後，至五四運動以前爲第二期。在此時期中，除了詞曲及俗文學之外，韻文的押韻，必須依照韻書，不能專以口語爲標準。
>
> 五四運動以後爲第三期。在此時期中，除了舊體詩之外，又回到第一期的風氣，完全以口語爲標準。〔註 8〕

〔註 8〕王力：《漢語詩律學》，上海：上海教育出版社，1962 年新版，頁 3。

同時還著重指出：

> 詞曲因爲不受科舉的拘束，所以用韻另以口語爲標準。〔註9〕

（二）依次舉例說明古體詩、近體詩、詞、曲、新詩的韻類和叶韻現象。

王力的叶韻研究，以「韻類」研究爲基礎（此部份本文從略，本文著重介紹與換韻相關的內容），旁及韻式等研究。在古體詩中，王力指出了「本韻」「通韻」「轉韻」〔註10〕「奇句韻」「首句入韻」「柏梁體」「畸零句」〔註11〕等現象；在詞中，王力舉例介紹了「平轉仄」「仄轉平」的轉韻現象，「連環式」的轉韻現象，以及「隨韻」「抱韻」「近似抱韻」「交韻」「介於抱韻和交韻之間的一種韻式」等各種韻式〔註12〕，同時還指出了「韻的疏密」現象〔註13〕；在曲中，王力指出了曲特殊的「借韻」「贅韻」「暗韻」「重韻」等現象〔註14〕；在白話詩和歐化詩中，王力結合西方詩介紹了「耳韻」「眼韻」，「常韻」「貧韻」「富韻」「陰陽韻」，「隨韻」（「偶體」「二隨式」「三隨式」「多隨式」）「交韻」（單交、雙交、三行交韻）「抱韻」「雜體」（「遙韻」、交隨相雜、交抱相雜、隨抱相雜、交隨抱相雜），「疊句」等一系列的叶韻現象〔註15〕。在所有這些現象中，除「本韻」「通韻」「借

〔註9〕王力：《漢語詩律學》，上海：上海教育出版社，1962年新版，頁3。

〔註10〕王力：《漢語詩律學》，上海：上海教育出版社，1962年新版，頁316～362。

〔註11〕王力：《漢語詩律學》，上海：上海教育出版社，1962年新版，頁362～379。

〔註12〕王力：《漢語詩律學》，上海：上海教育出版社，1962年新版，頁566～578。

〔註13〕王力：《漢語詩律學》，上海：上海教育出版社，1962年新版，頁578～581。

〔註14〕王力：《漢語詩律學》，上海：上海教育出版社，1962年新版，頁75～762。

〔註15〕王力：《漢語詩律學》，上海：上海教育出版社，1962年新版，頁870～899。

韻」「貧韻」「富韻」「陰陽韻」等是涉及韻類混用的叶韻現象外，其他都是建立在正常韻類運用上的叶韻現象，它們之間的區別主要是由叶韻方法上的不同而不是由韻類細微的不同造成的。

由王力的探討可知，詞的叶韻相對於詩出現的最大變化是韻式多變。王力借助西方韻式模式對詞的叶韻方式的探討給我們帶來了巨大啓示。但是，王力的探討也有些問題。第一、借用西方的韻式，過份拘泥，未充分考慮詞的特性給這一韻式帶來的靈活變化；第二、對詞的叶韻方式只運用，不辨析，類型略顯混亂，前後常有混淆。

前者如作者對「隨韻」「交韻」「抱韻」的借用。作者在舉例說明詞的韻式時，以「aabb」韻式爲「隨韻」，以「abab」韻式爲「交韻」，以「abba」韻式爲「抱韻」，並在後文特意補充文字說明：

> 「西洋詩以每段四行爲最常見；如果每段八行，往往可以認爲兩個四行的結合。而四行的韻式大致可以分爲三種：
>
> 1. 第一行和第二行押韻，第三行和第四行押韻（aabb），叫做隨韻（法文 rimes　suivies）
> 2. 第一行和第三行押韻，第二行和第四行押韻（abab），叫做交韻（法文 rimes　croisees）
> 3. 第一行和第四行押韻，第二行和第三行押韻（abba），叫做抱韻（法文 rimes　embrassees）
>
> 其他各種韻式都可以認爲這三種韻式的變相。」〔註 16〕

這裡面就存在一個嚴重的問題：何爲詩詞的「行」？特別是作爲長短句的詞，這個問題就顯得更爲突出。是一個小句爲一行呢，還是一個韻段爲一行？從王力對詞的舉例看，很多「×××，×××」的句子，作者都是將它作爲一「行」來看待，說明王力是將一個韻段作爲一行的。但是對於首句不押韻的絕句，王力又很肯定地斷定它的押韻模式爲「單交」，即「abcb」〔註 17〕，則顯然又是將一個韻段中的一個小

〔註 16〕王力：《漢語詩律學》，上海：上海教育出版社，1962 年新版，頁 890。
〔註 17〕王力：《漢語詩律學》，上海：上海教育出版社，1962 年新版，頁 898。

句看成是一「行」。王力前後的看法顯然是矛盾的，問題出在哪裏呢？這就是因爲詞作爲長短句，有其獨特性，不能照搬西方的叶韻類型來解釋。同樣的情況還發生在關於「連環式」的說明中。王力舉陸游的《釵頭鳳》和呂渭老的《惜分釵》爲連環式，我們看這兩首詞：

表 8－7 《釵頭鳳》《惜分釵》韻式結構顯示

《釵頭鳳》陸游	《惜分釵・擷芳詞》呂渭老
紅酥手，	春將半。
黃縢酒，	鶯聲亂。
滿城春色宮牆柳。	柳絲拂馬花迎面。
東風惡，	小堂風。
歡情薄，	暮樓鐘。
一懷愁緒，幾年離索，	草色連雲，暝色連空。
錯，錯，錯。	重。重。
春如舊，	秋韆畔。
人空瘦，	何人見。
淚痕紅浥鮫綃透；	寶釵斜照春妝淺。
桃花落，	酒霞紅。
閒池閣，	與誰同。
山盟雖在，錦書難託，	試問別來，近日情悰。
莫，莫，莫。	忡。忡。

這兩首詞都是典型的：由 A 韻轉爲 B 韻，又轉爲 A 韻，又轉爲 B 韻，具有交替轉韻的性質，如果拋棄「行」對交韻的拘束，顯然可以歸入「交韻」類型。爲什麼王力沒有這樣做呢，因爲他要顧及西方韻式關於「行」的規定的特點，顯然他忽視掉了他是在運用西方理論講中國的詞，必須要講通變才行，其實如果他意識到這種區別，也不必再麻煩創造出一個新名詞，只需對概念稍作變化，讓它適合於解釋詞的情況就可以了。要知道，這種情況在詞中可不是少數，是不能像西方一樣作爲例外的。

後者如王力所列舉的詞的 7 種叶韻方式：「平轉仄」「仄轉平」，「連環式」轉韻、「隨韻」「抱韻」「近似抱韻」「交韻」「介於抱韻和交韻之間的一種韻式」。王力在使用時均未作分類介紹和適用性說明。其中「平轉仄」「仄轉平」是一種分類方式，「隨韻」「抱韻」「近似抱韻」「交韻」是另外一種分類方式，「連環式」轉韻既可以入前類，也可以入後類，要看作者定義，王力將七者放在一起討論，不作辨析說明，似乎是有欠妥當的。

本文目的雖則是探討詞的叶韻規律，不能對叶韻類型進行理論探討，但爲了下文討論的清楚，避免混淆的發生，仍有必要在王力的基礎上，對一些基本韻式及其分類依據，從中國詩歌實際情況出發，給予重新的界定和簡單說明。

三、本文所用普通韻式的約定

爲方便見，我們稱一首詩的全部韻構成一個「**韻系**」。

根據一個「韻系」所用韻類的精粗，可以將用韻分爲「**寬韻**」和「**嚴韻**」。寬韻和嚴韻是對舉的，沒有絕對區別，只有相對意義，而且必須放在同一時代語言背景中考察才有意義。如，若我們將押韻理解爲韻母聲調均相協，則四聲分押是嚴韻，宋詞的平仄通押、曲的四聲通押和當代詩歌的四聲通押就是寬韻。某些特殊的叶韻情況如「借韻」、「貧韻」都屬於寬韻。

根據韻的在句中位置的不同，可以將押韻分爲「**頭韻**」、「**腰韻**」、「**尾韻**」「**頭尾連環韻**」、「**頭腰連環韻**」、「**腰尾連環韻**」等。這些韻式在民歌中都有生動體現，可參看上文介紹過的「韻律三書」。「尾韻」是古典詩歌的主要韻式。

根據「韻系」用韻類型的數目，我們將一個「韻系」的叶韻分爲**一韻到底**、**兩韻互轉**、**三韻互轉**等。

根據韻系的形狀特點，我們將叶韻分爲「**轉韻**」「**抱韻**」「**交韻**」「**插韻**」等。並特別針對詞的狀況規定：

（1）所謂「轉韻」，就是指「aa…bb…cc…dd…」類型的叶韻，可以形象稱它爲「**臺階韻**」。王力稱「隨韻」，但「隨韻」名目費解，故棄用，復用容易理解的「轉韻」爲之命名。最簡單的「轉韻」是「aabb」型。

（2）所謂「抱韻」，就是指「aa…bb…aa」類型的叶韻，可以形象稱它爲「**回頭韻**」。最簡單的「抱韻」是「abba」型。

（3）所謂「交韻」，就是指「aa…bb…aa…bb…」類型的叶韻，可以形象稱它爲「**拉鋸韻**」。最簡單的「交韻」爲「abab」型。

（4）所謂「插韻」，就是指「aaaa…bb…aaaaa…」類型的叶韻，可以形象稱它爲「**點睛韻**」。「插入韻」常常發生在詞的上片或下片當中。某些「插韻」與「抱韻」有相似處，不同在於，當「韻系」中某種韻的個數少到非常小的比例，以至於看上去像是插入似的，我們就稱它爲「插韻」。

關於「轉」「抱」「交」「插」四種韻式的命名，有三點值得注意：第一、它們雖是常用韻式，但均非排它性的韻式，一般情況下相互之間並不**具有對舉關係**；第二、它們都是針對換韻情況而言的，有些如五絕七絕中，雖然也含有某種「aba」或「abcb」形式，但因是一韻到底，所以不屬於這裡所說的「抱韻」或「交韻」，還有如某些「贅韻」「暗韻」「小韻」，如不涉及換韻情況，也不能算是這裡所說的「插入韻」；第三、無論「轉」「抱」「交」「插」，都是針對整個「韻系」而言的，指的是叶韻句之間的關係，對於詞而言，指的就是韻段之間的關係。

還有一些特別的韻式，如「暗韻」「贅韻」「疊韻」等，也是對某一叶韻特點的形象概括，不具有排他性。如果非要作出說明，那可以作這樣的理解，「暗韻」與「非暗韻」對立，「贅韻」與「非贅韻」對立，「疊韻」與「非疊韻」，後三者的「非×韻」，都是指常規形態韻式而言的。

上述的各種韻式，有的具有對舉關係，有的沒有嚴格對舉關係，這是在運用中要特別注意的。

四、平仄雜韻詞的叶韻規律分析

借助上述關於韻式的約定，我們對 15 首平仄雜韻詞的叶韻特性分析如下：

表 8－8　常用百體中 15 首平仄混韻詞韻式分析

<table>
<tr><td colspan="4">轉韻（隨韻）</td></tr>
<tr><td>6 菩薩蠻　李白
平林漠漠煙如織。
寒山一帶傷心碧。
　暝色入高樓。
　有人樓上愁。
玉階空佇立。
宿鳥歸飛急。
　何處是歸程。
　長亭更短亭。</td><td>12 減字木蘭花　歐陽修
歌檀斂袂。
繚繞雕梁塵暗起。
　柔潤清圓。
　百琲明珠一線穿。
櫻唇玉齒。
天上仙音心下事。
　留住行雲。
　滿座迷魂酒半醺。</td><td>21 虞美人　南唐・李煜
風回小院庭蕪綠。
柳眼春相續。
　憑闌半日獨無言。
　依舊竹聲新月似當年。
笙歌未散尊罍在。
池面冰初解。
　燭明香暗畫闌深。
　滿鬢清霜殘雪思難禁。</td><td>71 更漏子　溫庭筠
玉爐香，紅燭淚。
偏照畫堂秋思。
　眉翠薄，鬢雲殘。
　夜長衾枕寒。
梧桐樹。三更雨。
不道離情正苦。
　一葉葉，一聲聲。
　空階滴到明。</td></tr>
<tr><td>95 昭君怨　万俟詠
春到南樓雪盡。
驚動燈期花信。
　小雨一番寒。
　倚闌干。
莫把闌干頻倚。
一望幾重煙水。
　何處是京華。
　暮雲遮。</td><td>92 河　傳　溫庭筠
湖上。
閒望。
　雨蕭蕭。
　煙浦花橋路遙。
　謝娘翠蛾愁不銷。
　終朝。
　夢魂迷晚潮。
蕩子天涯歸棹遠。
春已晚。
鶯語空腸斷。
　若耶溪。
　溪水西。
　柳堤。
　不聞郎馬嘶。</td><td></td><td></td></tr>
<tr><td colspan="2">C 轉韻</td><td>B 轉韻</td><td>A 轉韻</td></tr>
<tr><td>53 喜遷鶯　韋莊
街鼓動，禁城開。
天上探人回。
鳳銜金榜出雲來。
平地一聲雷。
　鶯已遷，龍已化。
　一夜滿城車馬。
　家家樓上簇神仙。
　爭看鶴衝天。</td><td>69 巫山一段雲唐昭宗
蝶舞梨園雪，
鶯啼柳帶煙。
小池殘日豔陽天。
苧蘿山又山。
　青鳥不來愁絕。
　忍看鴛鴦雙結。
　春風一等少年心。
　閒情恨不禁。</td><td>15 清平樂　李白
禁闈清夜。
月探金窗罅。
玉帳鴛鴦噴蘭麝。
時落銀燈香灺。
　女伴莫話孤眠。
　六宮羅綺三千。
　一笑皆生百媚，
　宸遊教在誰邊。</td><td>17 南鄉子　歐陽炯
畫舸停橈。
槿花籬外竹橫橋。
　水上遊人沙上女。
　回顧。
　笑指芭蕉林裏住。</td></tr>
</table>

<table>
<tr><td colspan="4">插韻</td></tr>
<tr>
<td>61 相見歡　薛昭蘊
羅襪繡袂香紅。
畫堂中。
細草平沙蕃馬小屏風。
　卷羅幕。
　憑妝閣。
思無窮。
暮雨輕煙魂斷隔簾櫳。</td>
<td>83 最高樓　　辛棄疾
花知否，花一似何郎。
又似沈東陽。
瘦棱棱地天然白，
冷清清地許多香。
笑東君，還又向，北枝忙。
　著一陣霎時間底雪。
　更一個缺些兒底月。
山下路、水邊牆。
風流怕有人知處，
影兒守定竹旁廂。
且饒他，桃李趁，少年場。</td>
<td></td>
<td></td>
</tr>
<tr><td colspan="2">抱韻</td><td colspan="2">交韻</td></tr>
<tr>
<td>57 定風波　歐陽炯
暖日閒窗映碧紗。
小池春水浸明霞。
　數樹海棠紅欲盡。
　爭忍。
玉閨深掩過年華。
　獨憑繡床方寸亂。
　腸斷。
淚珠穿破臉邊花。
　鄰舍女郎相借問。
　音信。
教人羞道未還家。</td>
<td>80 酒泉子　溫庭筠
花映柳條。
　閒向綠萍池上。
　憑闌干，窺細浪。
雨瀟瀟。
　近來音信兩疏索。
　洞房空寂寞。
　掩銀屏，垂翠箔。
度春宵。</td>
<td></td>
<td>7 西江月　柳永
鳳額繡簾高卷，
獸鐶朱戶頻搖。
兩竿紅日上花梢。
　春睡懨懨難覺。
好夢枉隨飛絮，
閒愁濃勝香醪。
不成雨暮與雲朝。
　又是韶光過了。</td>
</tr>
</table>

對這個歸類，我們再簡化一下，得到下表：

表 8－9　常用百體中平仄混韻詞韻式類型統計

<table>
<tr><th>常用百體（平仄混韻詞 15 體）</th><th>存詞排名</th><th>句系</th><th>叶韻類型</th><th>類型總計</th></tr>
<tr><td>烏夜啼</td><td>61</td><td>6－3－63｜（3－3）－3－63</td><td>插韻</td><td rowspan="2">插韻 2</td></tr>
<tr><td>最高樓</td><td>83</td><td>定 35－5－77－333｜（35－35）－33－77－333</td><td>插韻</td></tr>
</table>

<table>
<tr><td>定風波</td><td>57</td><td>7－7－（7－2）－7|（7－2）－7－（7－2）－7</td><td>抱韻</td><td rowspan="2">抱韻 2</td></tr>
<tr><td>酒泉子</td><td>80</td><td>定 4－（6－33）－3|（7－5－33）－3</td><td>抱韻</td></tr>
<tr><td>西江月</td><td>7</td><td>定 66－7－（6）|重</td><td>交韻</td><td>交韻 1</td></tr>
<tr><td>喜遷鶯</td><td>53</td><td>定 33－5－7－5|重【（33－5）－（7－5）】</td><td>轉韻（上片＋下片雙句）</td><td rowspan="10">轉韻 10</td></tr>
<tr><td>巫山一段雲</td><td>69</td><td>55－（7－5）|（6－6）－（7－5）</td><td>轉韻（上片＋下片雙句）</td></tr>
<tr><td>清平樂</td><td>15</td><td>定（4－5－7－6）|（6－6－66）</td><td>轉韻（上下片）</td></tr>
<tr><td>虞美人</td><td>21</td><td>（7－5）－（7－63）|重</td><td>轉韻（雙句）</td></tr>
<tr><td>昭君怨</td><td>95</td><td>（6－6）－（5－3）|重</td><td>轉韻（雙句）</td></tr>
<tr><td>減字木蘭花</td><td>12</td><td>（4－7）－（4－7）|重</td><td>轉韻（雙句）</td></tr>
<tr><td>南鄉子</td><td>17</td><td>（4－7）－（7－2－7）</td><td>轉韻（雙句）</td></tr>
<tr><td>菩薩蠻</td><td>6</td><td>（7－7）－（5－5）|（5－5）－（5－5）</td><td>轉韻（雙句）</td></tr>
<tr><td>更漏子</td><td>71</td><td>（33－6）－（33－5）|（3－3－6）－（33－5）</td><td>轉韻（雙句）</td></tr>
<tr><td>河傳</td><td>92</td><td>（2－2）－（3－6－7－2－5）|（7－3－5）－（3－3－2－5）</td><td>轉韻（雙句）</td></tr>
</table>

從上表歸納可以看出：

（1）**平仄轉韻詞皆以小令爲主，無長調**，15 首中有兩首《定風波》和《最高樓》是中調；

（2）平仄轉韻詞中，**轉韻是最常見的換韻情況**，占絕大部份；其次是抱韻、插韻，各有 2 首詞；交韻則較少，只有一首詞。

（3）而在轉韻詞中，又分爲三種情況：「上下片各 2 轉」爲主流，有 7 首，其中雙行轉最典型，有 6 首；「上片一韻到底下片 2 轉」也有 2 首；「上下片互轉」則只有一首。

其中，最有趣的當數《定風波》的韻式特點。上文我們均將它歸爲「抱韻」，如果我們換另一個角度看，則有完全不同的結論。我們將《定風波》的詩句作一個重排，並將標點符號也作調整，如下：

定風波　歐陽炯

暖日閒窗映碧紗，小池春水浸明霞。

數樹海棠紅欲盡，（爭忍，）玉閨深掩過年華。

獨憑繡床方寸亂，（腸斷，）淚珠穿破臉邊花。

鄰舍女郎相借問，（音信，）教人羞道未還家。

觀察這首詞的用韻情況，這難道不就是所謂的「插入韻」嗎？而且，從詞體生成意義上看，把它看成是「插韻」似乎還更有道理些。當然，本文仍將它歸入「抱韻」類，主要是爲維護「插韻」的特性——如果全首詞插入韻與原韻比例相當，從形態上看，把它當成「插韻」顯然已不合適。這也驗證了，「插韻」和「抱韻」並非相互排斥的兩種叶韻形式，某些特殊情況下，兩者可能是很相似的。

我們小結一下。

平仄換叶是小令常常採用的韻段組織方式，中調罕用，而長調則基本採用一韻到底的韻段組織方式。小令的平仄換叶方式靈活多變，包括「轉韻」「抱韻」「交韻」「插韻」等各種模式，各種模式中「轉韻」占主體，轉韻中又以「上下片各二轉」爲最常用模式。

五、早期詞的叶韻規律分析——以溫庭筠詞爲代表

（一）溫詞叶韻規律分析

詩的叶韻方式簡單，而詞的叶韻方式如此靈活多變，這使我們很疑惑？爲了進一步瞭解從詩到詞叶韻方式的具體轉變，我們決定對溫庭筠所用詞體進行一個全面分析，看看早期詞在叶韻方面到底有些什麼特點。

溫詞今存 69 首。

根據叶韻方式將溫詞按詞牌進行合併，每類以一首詞爲代表，按《全唐五代詞》順序排列如下：

【遐方怨】2

憑繡檻，解羅幃。未得君書，斷腸瀟湘春雁飛。不知征馬幾時歸。海棠花謝也，雨霏霏。

【思帝鄉】

花花。滿枝紅似霞。羅袖畫簾腸斷，卓香車。回面共人閒語。戰篦金鳳斜。唯有阮郎春盡，不歸家。

【夢江南】2

梳洗罷，獨倚望江樓。過盡千帆皆不是，斜暉脈脈水悠悠。腸斷白蘋洲。

【南歌子】2＋3＋1

手裏金鸚鵡，胸前繡鳳皇。偷眼暗形相。不如從嫁與，作鴛鴦。

【又】

似帶如絲柳，團酥握雪花。簾卷玉鈎斜。九衢塵欲暮，逐香車。

【又】

懶拂鴛鴦枕，休縫翡翠裙。羅帳罷爐熏。近來心更切，爲思君。

【玉胡蝶】

秋風淒切傷離。行客未歸時。塞外草先衰。江南雁到遲。

芙蓉凋嫩臉。楊柳墮新眉。搖落使人悲。斷腸誰得知。

【歸國遙】2

雙臉。小鳳戰篦金颭豔。舞衣無力風斂。藕絲秋色染。

錦帳繡幃斜掩。露珠清曉簟。粉心黃蕊花靨。黛眉山兩點。

——一韻到底，平韻 5 體 12 首，仄韻 1 體 2 首

【菩薩蠻】15（有仄有入）

小山重疊金明滅。鬢雲欲度香腮雪。懶起畫蛾眉。弄妝梳洗遲。

照花前後鏡。花面交相映。新帖繡羅襦。雙雙金鷓鴣。

【更漏子】6

玉爐香。紅燭淚。偏照畫堂秋思。眉翠薄。鬢雲殘。夜長衾枕寒。

梧桐樹。三更雨。不道離情正苦，一葉葉，一聲聲。空階滴到明。

——兩句一換韻，2 體 21 首

【河瀆神】3（上平下入）

河上望叢祠。廟前春雨來時。楚山無限鳥飛遲。蘭棹空傷別離。

何處杜鵑啼不歇。豔紅開盡如血。蟬鬢美人愁絕。百花芳草佳節。

【清平樂】2（一首上，一首入）

上陽春晚。宮女愁蛾淺。新歲清平思同輦。爭柰長安路遠。

鳳帳鴛被徒薰。寂寞花鎖千門。競把黃金買賦，爲妾將上明君。

【又】

洛陽愁絕。楊柳花飄雪。終日行人恣攀折。橋下水流嗚咽。

上馬爭勸離觴。南浦鶯聲斷腸。愁殺平原年少，回首揮淚千行。

——上下片換韻，3 體 6 首

【酒泉子】3＋1

花映柳條。（閒向綠萍池上。憑欄干，窺細浪。）雨蕭蕭。

（近來音信兩疏索。洞房空寂寞。掩銀屏，垂翠箔。）度春宵。

【又】

羅帶惹香。（猶繫別時紅豆。淚痕新，金縷舊。）斷離腸。

一雙嬌燕語雕梁。（還是去年時節。綠陰濃。芳草歇。）柳花狂。

【定西番】1＋1＋1

（漢使昔年離別。）攀弱柳，折寒梅。上高臺。

（千里玉關春雪。）雁來人不來。（羌笛一聲愁絕。）月徘徊。

【又】

海燕欲飛調羽。萱草綠，杏花紅。隔簾櫳。

雙鬢翠霞金縷。一枝春豔濃。樓上月明三五。瑣窗中。

【又】

細雨曉鶯春晚。人似玉，柳如眉。正相思。

羅幕翠簾初卷。鏡中花一枝。腸斷塞門消息。雁來稀。

——交韻

【河傳】2

（江畔。相喚。）曉妝鮮。仙景個女採蓮。請君莫向那岸邊。少年。好花新滿舡。

（紅袖搖曳逐風暖。垂玉腕。腸向柳絲斷。）浦南歸。浦北歸。莫知。晚來人已稀。

【又】

（湖上。閒望。）雨蕭蕭。煙浦花橋路遙。謝娘翠娥愁不銷。終朝。夢魂迷晚潮。

（蕩子天涯歸棹遠。春已晚。鶯語空腸斷。）若耶溪。溪水西。柳堤。不聞郎馬嘶。

【蕃女怨】2

（萬枝香雪開已遍。細雨雙燕。鈿蟬箏，金雀扇。畫梁相見。）雁門消息不歸來。又飛回。

——一片前後換韻

【訴衷情】

（鶯語。花舞。）春晝午。雨霏微。（金帶枕。宮錦。）鳳皇帷。柳弱燕交飛。依依。遼陽音信稀。夢中歸。

【荷葉杯】3

（一點露珠凝冷。波影。）滿池塘。（綠莖紅豔兩相亂。腸斷。）水風涼。

【女冠子】2

（含嬌含笑。宿翠殘紅窈窕。）鬢如蟬。寒玉簪秋水，輕紗卷碧煙。

雪胸鸞鏡裏，琪樹鳳樓前。寄語青娥伴，早求仙。

【又】

（霞帔雲發。鈿鏡仙容似雪。）畫愁眉。遮語回輕扇，含羞下繡幃。

玉樓相望久，花洞恨來遲。早晚乘鸞去，莫相遺。

【楊柳枝】8【新添聲楊柳枝】2

宜春苑外最長條。閒嫋春風伴舞腰。正是玉人腸絕處，一渠春水赤欄橋。

——均爲平起首句入韻七絕，10首

忽視上述詞中叶韻的細微區別，再合併歸類，得結果如下：

一韻到底，平韻6體22首，仄韻1體2首——一

【楊柳枝】8【新添聲楊柳枝】2——均爲平起首句入韻七絕，計10首

宜春苑外最長條。閒嫋春風伴舞腰。正是玉人腸絕處，一渠春水赤欄橋。

【遐方怨】2

憑繡檻，解羅幃。未得君書，斷腸瀟湘春雁飛。不知征馬幾時歸。海棠花謝也，雨霏霏。

【思帝鄉】

花花。滿枝紅似霞。羅袖畫簾腸斷，卓香車。回面共人閒語。戰篦金鳳斜。唯有阮郎春盡，不歸家。

【夢江南】2

梳洗罷，獨倚望江樓。過盡千帆皆不是，斜暉脈脈水悠悠。腸斷白蘋洲。

【南歌子】2＋3＋1

手裏金鸚鵡，胸前繡鳳皇。偷眼暗形相。不如從嫁與，作鴛鴦。

【玉胡蝶】

秋風淒切傷離。行客未歸時。塞外草先衰。江南雁到遲。

芙蓉凋嫩臉。楊柳墮新眉。搖落使人悲。斷腸誰得知。

【歸國遙】2

雙臉。小鳳戰篦金颭豔。舞衣無力風斂。藕絲秋色染。

錦帳繡幃斜掩。露珠清曉簟。粉心黃蕊花靨。黛眉山兩點。

兩韻互轉——

對稱換韻——

【河瀆神】3（上平下入）

河上望叢祠。廟前春雨來時。楚山無限鳥飛遲。蘭棹空傷別離。

何處杜鵑啼不歇。豔紅開盡如血。蟬鬢美人愁絕。百花芳草佳節。

【清平樂】2（一首上，一首入）

上陽春晚。宮女愁蛾淺。新歲清平思同輦。爭柰長安路遠。

鳳帳鴛被徒薰。寂寞花鎖千門。競把黃金買賦，爲妾將上明君。

——上下片換韻，3體6首

【蕃女怨】2

（萬枝香雪開已遍。細雨雙燕。鈿蟬箏，金雀扇。畫梁相見。）雁門消息不歸來。又飛回。

——一片前後換韻

【定西番】1＋1＋1

（漢使昔年離別。）攀弱柳，折寒梅。上高臺。

（千里玉關春雪。）雁來人不來。（羌笛一聲愁絕。）月徘徊。

——交韻

不對稱換韻（相當於插韻）——

【女冠子】2

（含嬌含笑。宿翠殘紅窈窕。）鬢如蟬。寒玉簪秋水，輕紗卷碧煙。

雪胸鸞鏡裏，琪樹鳳樓前。寄語青娥伴，早求仙。

三韻互轉——

【酒泉子】3＋1

花映柳條。（閒向綠萍池上。憑欄干，窺細浪。）雨蕭蕭。

（近來音信兩疏索。洞房空寂寞。掩銀屏，垂翠箔。）度春宵。

【又】

羅帶惹香。（猶繫別時紅豆。淚痕新，金縷舊。）斷離腸。

一雙嬌燕語雕梁。（還是去年時節。綠陰濃。芳草歇。）柳花狂。

【訴衷情】

（鶯語。花舞。）春晝午。雨霏微。（金帶枕。宮錦。）鳳皇帷。柳弱燕交飛。

依依。遼陽音信稀。夢中歸。

【荷葉杯】3

（一點露珠凝冷。波影。）滿池塘。（綠莖紅豔兩相亂。腸斷。）水風涼。

——「**抱韻**」

四韻互轉——

對稱型——

【菩薩蠻】15（有仄有入）

小山重疊金明滅。鬢雲欲度香腮雪。懶起畫蛾眉。弄妝梳洗遲。

照花前後鏡。花面交相映。新帖繡羅襦。雙雙金鷓鴣。

【更漏子】6

玉爐香。紅燭淚。偏照畫堂秋思。眉翠薄。鬢雲殘。夜長衾枕寒。

梧桐樹。三更雨。不道離情正苦，一葉葉，一聲聲。空階滴到明。

——兩句一換韻，2 體 21 首

不對稱型——

【河傳】

（江畔。相喚。）曉妝鮮。仙景個女採蓮。請君莫向那岸邊。少年。好花新滿舡。（紅袖搖曳逐風暖。垂玉腕。腸向柳絲斷。）浦南歸。浦北歸。莫知。晚來人已稀。

爲方便觀察，將上述分析結果製成表格：

表 8－10　溫庭筠 69 首詞韻式類型統計

<table>
<tr><th>調名</th><th>叶韻狀況</th><th>韻式</th><th>對稱性</th><th></th><th>總計</th></tr>
<tr><td>【楊柳枝】8
【新添聲楊柳枝】2</td><td>平起首句入韻七絕</td><td rowspan="2">通韻</td><td rowspan="2">無</td><td rowspan="2">一韻到底，8 體</td><td rowspan="9">通韻：8 體
轉韻：6 體
交韻：1 體
抱韻：3 體
插韻：1 體</td></tr>
<tr><td>【遐方怨】2
【思帝鄉】
【夢江南】2
【南歌子】2＋3＋1
【玉胡蝶】
【歸國遙】2</td><td>一韻到底</td></tr>
<tr><td>【河瀆神】3
【清平樂】2</td><td>上下片轉韻</td><td rowspan="2">轉韻</td><td rowspan="3">對稱型</td><td rowspan="4">雙韻互轉，5 體</td></tr>
<tr><td>【蕃女怨】2</td><td>片前後轉韻</td></tr>
<tr><td>【定西番】1＋1＋1</td><td>交韻</td><td>交韻</td></tr>
<tr><td>【女冠子】2</td><td>插韻亦可稱轉韻</td><td>插韻</td><td>不對稱型</td></tr>
<tr><td>【酒泉子】3＋1
【訴衷情】
【荷葉杯】3</td><td>抱韻</td><td>抱韻</td><td></td><td>三韻互轉，3 體</td></tr>
<tr><td>【菩薩蠻】15
【更漏子】6</td><td>對稱轉韻</td><td rowspan="2">轉韻</td><td>對稱型</td><td rowspan="2">四韻互轉，3 體</td></tr>
<tr><td>【河傳】</td><td>不對稱轉韻</td><td>不對稱型</td></tr>
</table>

從上表可以清楚看出，溫庭筠所用詞體極善於在小令中運用靈活多變的叶韻方式組織韻段。**溫詞完全打破了律詩一韻到底古風轉韻等簡單叶韻體制，創造了靈活多變的叶韻模式。從運用韻類的數目看，溫詞既有常見一韻到底的叶韻模式，又有雙韻互轉、三韻互轉、四韻互轉等叶韻模式。從平仄轉韻詞的情況看，溫詞囊括了「轉韻」「抱韻」「交韻」「插韻」等叶韻模式，其中轉韻最爲常見，抱韻次之，其情況與上述常用百體的考察結果基本一致。**

（二）溫詞叶韻規律靈活多變原因初探

那麼，是什麼造成了這種叶韻方式的靈活多變？

首先我們想到的當然是音樂原因。但是，關於音樂方面的第一手資料已蕩然無存，我們已無從知道爲什麼作家在這個詞調裏選用平韻，在那個詞調裏選用仄韻，在另一個詞調裏選用入聲韻，或者同一個詞調既可以做成平韻，又可以做成仄韻；我們更無從知道一個詞調爲什麼在這些地方用平韻，在另一些地方用仄韻——其中許多模式後來被固定化，另一些模式則被拋棄，音樂散佚後，這種固化因爲無法理解而達到了極致，又因爲達到了極致而不再需要被理解，被拋棄的模式亦然——我寧願把溫詞的這些選擇稱爲偉大的自由創造，而不願意稱它爲失敗的嘗試，而把後人的機械模仿稱爲失敗。爲什麼我有這樣強烈的傾向性呢，這是因爲溫詞叶韻本身就透漏了這種自由創造的氣質——那些作爲詩而不是作爲歌的因素潛在地支配著詞的叶韻，使詩歌恢復了形式本身的創造性，幾乎每一首歌詞都是一個詩體的天才創造，抱韻、交韻、插韻、各種形式的轉韻，這些形式即使不是絕無僅有的，在總體規模和創造深度上也絕對是空前的。

這種由詩體因素內在驅動的自由創造在同詞牌的詞體用韻上體現得更爲清楚。我們試看一些例子。

如《南歌子》，溫詞 6 首，卻選用了三種叶韻模式：

【南歌子】3 首——「一韻到底」的常規情況

似帶如絲柳，團酥握雪花。簾卷玉鉤斜。九衢塵欲暮，逐香車。

【又】1首——首句有意插入一個「寬韻」

懶拂鴛鴦枕，休縫翡翠裙。羅帳罷爐薰。近來心更切，爲思君。

【又】1首——插入兩個小韻，形成「交韻」模式

手裏金鸚鵡，胸前繡鳳皇。偷眼暗形相。不如從嫁與，作鴛鴦。

其中「一韻到底」爲最常見，除「一韻到底」的通韻外，溫庭筠還有意在叶韻上加以變化，第二體中，就是在首句加入一個「寬韻」，第三首，則更奇妙地加入兩個韻，形成了一種「交韻」的模式，將格律的纏綿發揮到了極致——《欽定詞譜》將第三種歸納爲「正體」，不能不說是有眼光的——這些創造與其說是音樂上的要求，毋寧說是詩律上的自由創造，可以認爲是與具體音樂樂句無關的。

再如《酒泉子》。溫詞有4首，都用「抱韻」叶韻模式，卻嘗試了在細節上作出變化：

【酒泉子】3首——

花映柳條。（閒向綠萍池上。憑欄干，窺細浪。）雨蕭蕭。

（近來音信兩疏索。洞房空寂寞。掩銀屏，垂翠箔。）度春宵。

【又】——1首

羅帶惹香。（猶繫別時紅豆。淚痕新，金縷舊。）斷離腸。

一雙嬌燕語雕梁。（還是去年時節。綠陰濃。芳草歇。）柳花狂。

前後兩體只在下片首句的用韻上作出不同選擇，詩歌的誦讀節奏就顯得完全不同。從形式上看，第二體用韻更整齊，但是從效果上看，第一體凸顯了最後一句「度春宵」在整個韻系中的獨立地位，讀起來既有一種斬釘截鐵的感覺，又似乎有一種特別的凝滯感，其音律效果也是很突出的。

還有《定西番》，溫詞有三首，選用了三種叶韻方式：

【定西番】1+1+1

（漢使昔年離別。）攀弱柳，折寒梅。上高臺。

（千里玉關春雪。）雁來人不來。（羌笛一聲愁絕。）月徘徊。

【又】

（海燕欲飛調羽。）萱草綠，杏花紅。隔簾櫳。

（雙鬢翠霞金縷。）一枝春豔濃。（樓上月明三五。）瑣窗中。

【又】

（細雨曉鶯春晚。）人似玉，柳如眉。正相思。

（羅幕翠簾初卷。）鏡中花一枝。腸斷塞門消息。雁來稀。

——交韻

第一首和第二首選擇的是很奇妙的「抱韻」，但第一首仄韻用入聲，第二首仄韻用上聲。第三首相對於前兩首只改變了一個句子的叶韻模式，即將倒數第二句由仄韻改爲平韻，整首詞的叶韻模式就突然由「抱韻」變成了典型的「轉韻」。

還有如《河傳》，溫詞有三首，都選用「轉韻」，但兩首採用「三韻互轉」，一首採用「四韻互轉」，又呈現出細微的不同。

【河傳】2

（江畔。相喚。）曉妝鮮。仙景個女採蓮。請君莫向那岸邊。少年。好花新滿舡。

（紅袖搖曳逐風暖。垂玉腕。腸向柳絲斷。）浦南歸。浦北歸。莫知。晚來人已稀。

【又】

（湖上。閒望。）雨蕭蕭。煙浦花橋路遙。謝娘翠娥愁不銷。終朝。夢魂迷晚潮。

（蕩子天涯歸棹遠。春已晚。鶯語空腸斷。）若耶溪。溪水西。柳堤。不聞郎馬嘶。

如果說，不同詞牌間的韻式差別可以由音樂得到部份解釋，那麼，上述同詞牌在句式選擇也相同的情況下呈現出的韻式差別，就絕對不是音樂上的原因了。我們只能把這個理解爲詞體創造時的自由抉擇——其本質是由詞律內在驅動而不是由音樂內在驅動的。這些靈活多變的韻式大概是有清一代機械審音論者所沒有注意到或者故意視而不見的吧——從這個角度看，繼承溫庭筠精神衣缽的倒不是清代那些自吹自擂定製詞譜的大學者們了，而更像是明代那群被後輩譏諷隨意更改格律的作家們了——雖則前者的工作是如此出色，而後者的成績也眞是太蹩腳。

我們由此可以得出結論：**溫庭筠所用詞體以其豐富的叶韻方式，打破了律詩一韻到底的韻式統治，奠定了小令詞靈活多變的叶韻體系，給中國新型詩歌——詞的發展帶來了前所未有的活力。「轉韻」「抱韻」「交韻」「插韻」等韻式，即使不是溫庭筠首創，也是在溫庭筠手中達到空前成熟的。**

六、小結

本節研究表明，平仄轉韻詞的韻段組織規律不是表現爲典型的「疊式律」或「交替律」，而是表現爲靈活多變的叶韻規律。這些叶韻規律主要表現爲豐富多彩的叶韻方式。平仄換韻詞的叶韻方式包括轉韻、抱韻、交韻和插韻等多種類型，其中又以轉韻最爲常見。溫庭筠詞運用以轉韻爲主體的靈活多變的叶韻方式組織小令的韻段，爲小令韻段體系的形成提供了更爲多樣化的選擇，替小令的發展打下了廣闊的基礎，從而使其本身成爲了早期韻式創造的傑出典範。

【本章小結】

本章圍繞詞的四種重複傾向：重章、疊句、格律重複、叶韻，著重討論了常用百體的格律重複現象和平仄換韻詞的換韻現象，通過分析指出：通韻詞的主要韻段組織規律是「疊式律」，表現在平韻詞中爲「平平律」，表現在仄韻詞中主要爲「平仄律」；換韻詞的主要組織規律表現爲以轉韻爲主體，包括交韻、換韻、插韻等多種韻式的，靈活多變的叶韻規律。

「疊式律」是自「黏對律」確定以來聲律學的最大發現，確立了詞體的根本聲律特性，打破了關於詞體聲律特性的種種迷信和猜測。

從詞學看，疊式律的發現將促使人們重估整部詞史，對詞的本體研究，詞的接受研究，詞的創作研究產生一系列影響，其深遠意義相信在未來會逐漸得到揭示。從詩學看，至此，中國詩歌聲律的雙律體系得以建立（即疊式律和交替律），中國詩體的獨特形式主義本質得到完整揭示，中國詩歌形式主義體系呼之欲出，完整的詩歌史建構成爲可能。

結語——中國古典詩歌形式體系概要

本文以詩經、楚辭、先秦兩漢魏晉南北朝詩、全唐詩爲背景，從題名 1349 調的 30696 首詞中精選出 100 體詞 1209 個句式 76 個句式組合對詞體暨詩體構成規律進行實證研究，這一研究包括兩個維度，一個是縱向的句式、句式組合及宏觀詩體構成三個層面，一個是橫向的「言」（節奏）和「律」（格律）兩個範疇。通過研究，建立起中國古典詩歌的一般形式體系。這一形式體系包括以下兩個子體系。

一、古典詩歌節奏——句法體系

古典詩歌句法體系是指受「雙音節奏觀」潛在控制由句式、句式組合、句群組合共同形成的綜合句式體系。中國古典詩歌雖然包羅萬象，但其內在節奏卻具有驚人的統一性，表現爲高度兼容的句式體系。這一體系主要包括以下三個方面的內容。

（一）句式構成公例

中國古典詩歌句式（包括詩經、楚辭、漢魏晉南北朝詩、唐詩、宋詞）具有高度相似的節奏構成和表現形式，可以擬定其統一的節奏公例和句式構成公例，表示爲：

句式節奏公例：【一言節】＋N×【二言節】＋【三言節】（1＋2N＋3）

句式構成公例：

一字豆＋N×（二言節）＋三字尾　（其中：一字豆、三字尾可增減；N＝0～3）

說明：

（1）中國詩歌句式有兩種分類方式：

一種按句尾的節奏特徵分類，可分爲含三字尾的「三字尾句式」和不含三字尾的「二字尾句式」；一類按句首的節奏特徵分類，可分爲不含一字豆的「普通句式」和含一字豆的「一字豆句式」。即：

中國古典詩歌句式的兩種分類方式：

按句尾節奏劃分（按三字尾有無）
- 二字尾句式：【一字豆＋N×（二言節）】
- 三字尾句式：【一字豆＋N×（二言節）＋三字尾】

按句首節奏劃分（按一字豆有無）
- 普通句式：【N×（二言節）＋三字尾】
- 一字豆句式：【一字豆＋N×（二言節）＋三字尾】

（2）中國詩歌共有 16 種標準句式（9 種普通句式和 7 種一字豆句式）

《中國詩歌的標準句式節奏構成表》

普通句式【節奏構成】	一字豆句式【節奏構成】
一言節	
二言節【2】	一字豆三言【1+2】
三言【3】	一字豆四言【1+3】
四言【2+2】	一字豆五言【1+2+2】
五言【2+3】	一字豆六言【1+2+3】
六言【2+2+2】	一字豆七言【1+2+2+2】

七言【2+2+3】	一字豆八言【1+2+2+3】
八言【2+2+2+2】	一字豆九言【1+2+2+2+2】
九言【2+2+2+3】	

（3）騷體的句式構成

騷體主要包括三種核心句式，即：

①特殊的一字豆六言：「一二之二」

②特殊的五言：「二之二」

③特殊的一字豆三言：「三兮三」

（4）句式演進小史

普通句式小史：

①一言未足以成言，然亦並非無有，長籲短歎，加強節奏，亦間有用之。在詩則有鄭風緇衣之敝、擇兮之倡、豐之悔駕，齊風東風之履，在漢則有五噫之歎，在隋則有一九之詩，在詞則入定格，有一七令、十六字令。一言而成定格，雖若遊戲，然不污詞體。②二言殆始成語，然至爲原始。前有黃帝之彈歌，後有塗山之候人。易卦詩經，間有其用。四言興起，或擴入四言。其後凡有雜歌言辭，皆有二言介入。至詞中，則常以複沓方式入格，如調笑令、無夢令，或以組合方式入格，如定風波、南鄉子、河傳。③三言始能自足。葛天氏之樂，推爲三言之祖。商頌初貌，推爲三言。楚歌興，以一字豆三言爲節，普通三言則皆受牴牾，且多受限於雜言歌辭體裁，或民歌，或郊廟祭祀，經漢魏南北朝入唐，方漸漸與一字豆抗衡。至詞興，則收浥於詞中形成穩定之三言格。④四言興於詩經，魏晉小興，漢以來多居雜言歌辭首列，至宋詞則演爲律句。⑤五言起於漢，興盛於魏晉，永明體始考其格律，初唐完成平仄律句構建。⑥六言形成於魏晉，間入駢文而漸成四六，初唐王維手中完成平仄律化。⑦七言起於漢，初唐完成格律構建。⑧八言罕有，詞人偶用，已是律句。⑨九言唐前罕有，以「長言」爲詞所用，並於詞中完成格律化，如虞美人、烏夜啼之末句，

後漸漫成九言詩篇，如北宋盧贊元《酤釀花》，惜乎竟未於齊言詩中完成格律化。

一字豆句式小史：

一字豆句式乃中國詩歌之特別句式，一字豆有三用，一用於楚辭，二用與四六，三用於詞。①一字豆三言興於楚辭，其首爲山鬼國殤之「三兮三」形式，其中三言皆一字豆，後獨立自足，減爲一字豆三言，在漢大賦及漢以後郊廟祭祀、民間歌謠中佔據領地，至宋詞而不衰。②一字豆六言爲楚辭核心句式，然其形式更爲特殊，皆爲「一二之二」節奏，騷體、九歌三分之二用其式，大賦沿用，至駢文四六中之「六言」，沿用不衰。常波及散文。③除一字豆三言、一字豆五言特殊之外，其餘一字豆句俱在北宋詞中興起並成熟；詞中一字豆三言一字豆五言也一改楚歌「一二之二」風格而變爲普通「一二三」風格。諸種一字豆句式皆在北宋詞中完成格律化。

（二）句式組合的構成原則

詞暨中國詩歌句式組合有五大構成規律：疊配、節配、鄰配、領配、偶奇配；五大規律支配詞體 90%以上的句式組合節奏，以及幾乎所有古典詩歌的句式組合。其中，節配、鄰配、偶奇配均爲重要規律，皆爲本文首次提出；而尤以節配研究最爲廣泛深入，由此順序解釋了學界很少注意到的騷體、四六文、一半以上詞體的基本節奏問題；領配研究亦達到前人未至之廣度、深度。

（1）**疊配**：各言句式通過疊加搭配形成齊言節奏的原則。疊配是最古老的句式組合原則，在漫長的詩歌發展史中一直佔據中心地位。對疊配的探索形成了中國主體的齊言詩史。先後佔據中國詩歌主流的四言詩、五言詩、七言詩分別源於對 4－4 型疊配，5－5 型疊配、7－7 型疊配節奏性質的成熟認識。詞體雖然負長短句之名，但並沒有拋棄疊配，相反，詞體將「疊配原則」很好地融入其形式創造，成爲疊配應用之集大成者。詞中利用疊配形成的組合包括兩句類 2－2

型組合、3－3 型組合、4－4 型組合、五五型組合、六六型組合、七七型組合、八八型組合，以及多句類組合如 3－3－3 型組合、4－4－4 型組合、4－4－4－4 型組合等等。

（2）**節配**：同尾部節奏的句式相互搭配形成成熟組合的原則。節配是騷體、四六、詞中許多句式組合的基本原則。騷體主要句式尾部都可以看成「一二」節奏，故騷體雖然有「一二之二」、「二之二」等句式，但相互配合均能產生良好節奏。四六文以「二二型」四言與「一二之二」或「二二二」型六言相配，可以看成是「二字尾型」節配，故無論 4－4 組合、6－6 型組合、4－6 型組合，還是 6－6 型組合，或者 4－4－6 型組合以及其他更複雜形式，均能表現良好節奏。節配句式組合在詞中達到頂峰，詞體利用「節配原則」形成的常見句式組合分爲兩類，一類爲「二字尾型節配組合」，有：4－4－6 型、4－6 型、6－4 型、6－4－4 型等；一類爲「二字尾型節配組合」，有 7－5 型、3－5 型、3－7 型、5－3 型、7－3－3 型、3－5－3 型、7－3－5 型等組合。

（3）**鄰配**：字數相鄰的句式形成句式組合的原則。三言節具有特殊的「節奏伸縮性」或「誦讀時長伸縮性」，即三言節在誦讀時可以縮讀爲一個「律節」與一個二言節配合，也可以長讀爲兩個「律節」與兩個二言節配合。「三言節的節奏伸縮性」是「鄰配原則」的基礎。由於三言節節奏伸縮性的存在，含有三字尾的三言、五言、七言都可以選擇兩種節奏來進行句式搭配，表現在組合中，就是他們可以分別與相鄰兩種偶言句搭配而均保持節奏感。鄰配組合在詞體運用中達到成熟。詞體中利用「鄰配原則」形成的常見句式組合包括：4－5 型、3－4 型、7－6 型、4－4－5 型、5－4 型、6－5 型、3－4－4 型、5－6 型、4－3－4 型、4－5－4 型、6－6－5 型、5－4－5 型組合等。

（4）**偶奇配**：偶言與奇言順序搭配形成穩定組合的原則。偶奇搭配主要是長短句常用的組合原則，常見的「偶奇組合」包括 2－7

型、4－7 型、6－7 型、2－5 型、4－5 型、6－5 型、4－3 型、6－3 型、4－4－5 型、4－4－7 型、6－6－5 型、4－4－3 型、6－4－5 型等。

（5）**領配**：普通句式組合通過添加一字豆形成穩定節奏的原則。領配組合的領字一般爲副詞、介詞或虛化的動詞，具有提示整個句式組合的作用。幾乎所有普通句式組合都可以構成相應的領配組合。領配組合是詞體中大量出現的一類組合形式，詞體常見的領配組合包括 **5**4 型、**5**44 型、**5**444 型、**5**45 型、3**5**4 型、4**5**4 型、6**5**4 型、7**5**4 型、**4**5 型、**6**5 型、44**5** 型、**4**33 型組合等。

（三）句系的宏觀構成原則

詩體是受一系列特殊規則支配的句式體系。本文總結中國詩歌齊言句系構成的基本規律——疊配規律；發現中國詩歌長短句句系構成的特殊規律——節配規律，指出 65%的詞體構成受節配規律支配，楚辭與「四六」皆是節配控制體式的典範；並指出詞體廣泛使用的特殊規律——領配。

（1）疊配是中國齊言詩、齊言詞以及類齊言詞的詩體構成原則

①疊配原則控制詩經的四言詩體制。

「《詩經》整齊劃一的四言體式，決不是出於其內容表達的需要，而是出於語音音節數目的需要——不是『足句』，而是『足四』——以四言（音節）爲一組合單位，在《詩經》中成了一種主宰著《詩經》內容的分割大權的隱性原則，在不少場合裏，其處置內容的方式有點像希臘神話裏的普洛克路斯忒斯（prokroustes）的鐵床那樣：過長者截短，不足者拉長。……第一種情況是：大凡語句容量較大，字數超過四言較多者，一般均予以『截短』，分拆作兩句或更多的四言句——不論其是否合乎語法規律……『截短』的情況，就整部《詩經》而言，並不算多。……第二種情況是，凡語句內容不足四言者，使用各

種手段『拉長』，使之成爲四言。其中最主要的手段是『單字雙化』。其最典型的方式是，使用重言、襯字和聯綿字，使原來句子中的單音字，在不改變原來字義的情況下成爲雙音字組，然後與另一個雙音字組連在一起，形成以二二式結構爲基礎的四言句。『拉長』的現象在《詩經》中極其普遍地存在。……在分析觀察《詩經》『截短』和『拉長』現象的過程中， 我們產生一種越來越強烈的奇特感覺，即：整部《詩經》似乎被一種四拍式的節奏制約著……就整部《詩經》而言，與其說是內容制約著詩歌的句式，不如說是一種——以一雙二言短拍爲基礎的——四言節奏制約了《詩經》的內容。」〔註1〕

②四言詩之後，疊配漸次控制了七言詩、五言詩、六言詩、九言詩的體式構成。其中，五七言詩皆興於漢魏，六言詩興於唐，盛於宋〔註2〕，九言詩成於宋〔註3〕。

③疊配控制了「齊言詞」、「類齊言詞」以及「片齊言」的體式形成。

約有 23%的詞體體式受到疊配原則控制。常用百體中，《浣溪沙》《玉樓春》《瑞鷓鴣》《楊柳枝》《水鼓子》皆爲七言詞，《生查子》爲五言詞，鷓鴣天、十二時、漁父、五更轉、搗練子、踏莎行、漁家傲、憶王孫、定風波、天仙子、菩薩蠻、卜算子、南歌子、西江月等皆爲通過句式替換或句式添加形成的近似齊言詞，《清平樂》下片是六言詞、《柳梢青》上片是四言詞、《人月圓》下片是四言詞，所有這些齊言或近似齊言的詞體句式體系都是疊配原則控制的結果。當然，這些詞體還必須通過「別格律」「換句式」或「添雜言」等方式將自己與同樣由疊配原則形成的齊言詩區別開來。

〔註 1〕 李翔翔、何丹：《《詩經》的四言句式與周代詩歌的四拍式節奏》，《浙江師大學報》2000 年 6 期。

〔註 2〕 參看金波 2007 年博士論文《唐宋六言詩研究》，唐愛霞 2009 年博士論文《古代六言詩研究》。

〔註 3〕 參看孫尚勇《九言詩考》，《聊城大學學報》2005 年 6 期。

（2）節配是楚辭、四六、60%以上的詞體體式的構成原則。

①「節配原則」是楚辭組織體式的主要原則。

楚辭句式幾乎全部具有相似的尾部節奏，正是這種相似的尾部節奏使楚辭在誦讀上顯示出統一的節奏性。首先，「一二節奏三字尾」幾乎是所有離騷句式的結構特徵（主要爲「一二之二」和「二之二」），「一二節奏三言節」是離騷句式的核心節奏單元，是整個離騷體式的核心，騷體就是對這一核心節奏豐富多彩的複沓顯現；其次，九歌的主體句式，無論是「三兮三」還是「一二兮二」（總共占 76.7%）， 其節奏核心單元也是「一二節奏三言節」。 「一二節奏三言節」通過控制楚辭的基本句式，從而控制了楚辭的句式組合和句群組合節奏，形成了楚辭相對統一的體式構成。

②「節配原則」控制了四六文體式。

駢文或四六文是受楚辭漢賦影響形成的一種文體。其主要特徵就是由四言、六言形成特殊組合如 44 型組合、66 型組合、46 型組合、64 型組合等，再由各組合連綴形成駢對構成整體篇章。四六文的句式基礎是四言、六言，四言節奏爲「二二」，六言節奏有兩種，一種爲「二二二」，一種爲「一二之二」，無論哪種節奏，其尾部都可以誦讀成「二字尾」，也就是說，四六言的基本句式都具有相似的「二字尾」。「節配原則」的存在決定四言可以與兩種六言都形成良好的節奏組合如 46 型組合、64 型組合，並最終形成四六文的特徵句式組合群：44 型、66 型、46 型、64 型組合，以及四六文的特徵對仗模式：44 型、66 型、44－44 型、66－66 型、46－46 型、64－64 型對仗等。在四六文中，節配原則超越了作爲句式組合原則的一般作用範圍，對整個文體結構都產生了重要影響。從宏觀上講，四六文的文體特徵，包括它的句式內部結構單元、句式間的組合以及組合群的形成，都受到「節配原則」嚴格的支配。四六文的體式核心是「二字尾」結構，四六文體式基本上可以說是遵行「節配原則」和對仗模式建立起來的一種特殊文體。

③節配原則控制了約 60%以上的詞體體式構成。

節配原則對詞體體式的構成具有很強的控制作用。常用百體中，由節配原則形成的節配詞有 19 體，韻位節配詞有 14 體，類韻位節配詞有 26 體，三者總計達到 59 體。如果將齊言詞作爲特殊的節配詞納入考察範圍，則這個數據可以擴大到 65 體。也就是說，在常用百體中，詞體構成受節配原則潛在支配的高達 65%。節配原則是詞體宏觀構成的最基本原則之一。

ⅰ. **節配詞**：「節配原則」控制全部句式組織，即句系的全部句式均爲同一類型，即或者全部爲「二字尾」型，或者全部爲「三字尾」型的詞體。常用百體節配詞以小令爲主，五長調，全部爲三字尾節配詞，共 19 體，包括三五言節配詞 2 體，三七言節配詞 7 體，五七言節配詞 3 體，三五七言混合節配詞 6 體，五七九言混合節配詞 1 體，分別爲：南歌子、鷓鴣天、漁家傲、十二時、漁父、憶王孫、五更轉、搗練子、天仙子、卜算子、五陵春、菩薩蠻、望江南、阮郎歸、長相思、小重山、喜遷鶯、最高樓、虞美人。

ⅱ. **韻位節配詞**：押韻句由同尾節句式控制的詞體稱爲「韻位節配詞」。常用百體共有韻位節配詞 14 體，其中，三字尾型韻位節配詞 6 體，分別爲：水調歌頭、江城子、蘇幕遮、導引、少年遊、蝶戀花，二字尾型韻位節配詞 8 體，分別是：聲聲慢、花心動、風流子、柳梢青、漢宮春、蘇武慢、如夢令、鵲橋仙。

ⅲ. **韻位近似節配詞**：叶韻句只有一兩處不符合「節配原則」，我們將這類詞稱爲「韻位近似節配詞」。常用百體含韻位近似節配詞 26 體。其中，二字尾型韻位近似節配詞 7 體，分別是朝中措、齊天樂、太常引、風入松、祝英臺近、一翦梅、西江月；三字尾型韻位近似節配詞 18 體，包括青玉案、永遇樂、霜天曉角、糖多令、酒泉子、望海潮、一落索、滿路花、應天長、憶秦娥、撥棹歌、戀繡衾、踏莎行、好事近、巫山一段雲、臨江仙、醉落魄、烏夜啼；還有一類特殊的韻位近似節配詞燭影搖紅，其上片押韻句受三字尾節配控制，下片押韻句受二字尾節配控制。

（3）領配是詞體構成原則的有益補充

領配原則對詞體形式構成具有普遍意義。領配原則的使用以「能夠增強句式的表達功能」爲唯一條件。不僅各言詞體句式可以通過「領配原則」形成相應的領字句；以十二大句式組合爲核心的普通組合可以通過「領配原則」形成相應的一字豆組合或領配組合；而且從理論上講，「詞體任何位置都可以插入『領字』而形成領配」。

二、古典詩歌格律體系

（一）句式的格律構成規律——竹竿律

中國詩歌成熟的格律系統皆主用平仄律句，各言普通句式凡符合以下兩原則（1）偶位遵守竹竿律（即偶位平仄交替）（2）三字腳遵守竹竿律，即爲律句，不符合者稱爲非律句。各言一字豆句式之合律判斷均以一字豆後引領的「某言段」格律爲準。從理論上講，各言律句皆有四種類型，其類型可由「踝腳」位置的平仄確定，分別可表示爲：

「n 平平」

「n 仄平」

「n 平仄」

「n 仄仄」

本文從律句觀念演變澄清了一千五百年來模糊的律句概念，推演證明啓功所倡之「竹竿律」爲古典詩歌單句格律之最終規律；並以此研究詞體，統計詞體「律句率」達到 91.1%，強有力地證明「詞用平仄律句」理念，給予近代以來王力、啓功、洛地等人倡導之「律詞」以堅實證據。細繹起來，則有：

（1）平仄律句是中國詩歌格律的核心。

中國詩歌用律經歷了用四聲律、用平仄律到主用平仄律雜以四聲律三個階段，大致而言，永明體之後，平仄二元化之前，詩人主用四聲律句，初唐四聲二元化之後，至南宋末年，詩詞主用平仄律句，南宋末年至元明清戲曲，詩人用平仄律句而詞人則主用平仄律句然夾雜四聲律句。四聲律句概不穩定，其規律隨語音系統變化而變異，故無千年一貫之成熟模式，故中國詩歌凡言律句，實皆指向向平仄律句。本文所研究，皆以平仄律句爲限。

（2）平仄律的本質受聲調性質及語音演變制約。

平仄律本質不是長短，輕重、高低、抑揚，而是「特定語音條件下具有合理聲學解釋的四聲二元化對立」。在唐宋，平仄律的本質是「平曲對立」；在中原音韻之後，平仄律表現爲「揚抑對立」。

（3）竹竿律為「平仄律句」的集大成規律。

「竹竿律」不僅僅是一項聲律規律，而且是關於律句規律的一個非常豐富完備的理論體系。「竹竿律」是集合「節奏原理」「複沓原理」「協對原理」「側重原理」等基本聲律原則，在這些原則的共同作用下形成的一個聲律體系。這些原則在「竹竿律」體系中所起的作用並不是相同的。大致來講，「節奏原理」是基礎，沒有雙音節奏的成熟，就沒有律句的形成；「重與對的原則」所起的作用則平分秋色，大致相同，它們共同完成了對「平仄遞變」「三字腳」「黏對」等重要聲律規律的構建；至於「側重原理」，則亦不可忽視，它給「竹竿律」和律句帶來了靈活性和可操作性，沒有「側重原理」所支撐的「頓尾重於頓首」「句尾重於句首」，就不可能形成「一三五不論」的簡便法門，「竹竿律」的實用效果就會大打折扣。「竹竿律」理論突破有三：第一，堅持「平仄遞變」規律的基礎性地位，並予以理論解釋；第二，發現不平等原理的兩個具體規律：「節尾平仄嚴於節首」「尾節格律嚴於首節」，將其運用於解釋特殊聲律現象；第三，發明「竹竿律」，以「竹竿律統帥各種律句現象，將「竹竿律」運用到分析所有詩文句式。

（4）詞用律句，是律句系統的集大成。

本文以唐宋金元詞常用百體統計，詞體「律句率」高達 91.1%，故斷定詞體總體上用平仄律句。偶有完全講究四聲者皆屬於個別詩人、個別時間地點狀態下、個別詞體中的個別行爲，因其未曾探索出大家公認的實質性普遍規律，而只作爲一種模糊之創作觀念受人推崇，推廣價值有限。

（二）句式組合的格律構成規律

律句相互組合時遵循一定格律規律。律詩中的組合規律與詞中的組合規律不盡相同。本文研究得出詞的不同句式在自由組合時的各種細緻格律規律。

（1）從理論上講，兩個句式在進行組合時有 16 種格律模

《律句組合理想格律類型表》

「腳」「踝」關係	與律詩關係	類型（據「腳」「踝」位的平仄）
對－對（完全對）	律詩對	｜｜，－－　（對－對　完全對）
		－－，｜｜　（對－對　完全對）
		－｜，｜－　（對－對　完全對）
		｜－，－｜　（對－對　完全對）
對－黏（半黏）	類律詩對	｜－，－－　對－黏
		－－，｜－　對－黏
		－｜，｜｜　對－黏
		｜｜，－｜　對－黏
黏－對（半對）	非律詩對	－｜，－－　黏－對
		－－，－｜　黏－對
		｜－，｜｜　黏－對
		｜｜，｜－　黏－對
黏－黏（完全黏）	非律詩對	－－，－－　黏－黏　重律
		｜－，｜－　黏－黏　重律
		｜｜，｜｜　黏－黏　重律
		－｜，－｜　黏－黏　重律

其中，有四種組合的腳踝位置平仄完全相反，頗似律詩中的對仗情況，我們稱之爲完全對仗，簡稱「完全對」，用文字表示則是：

n 仄仄——n 平平

n 平仄——n 仄平

n 平平——n 仄仄

n 仄平——n 平仄

另外，有四種組合踝位平仄相對，腳位平仄相同，頗似律詩首句入韻的首聯情況，我們稱之爲「踝對腳黏」，簡稱「對－黏」，用文字表示則是：

n 仄平——n 平平

n 平平——n 仄平

n 平仄——n 仄仄

n 仄仄——n 平仄

還有四種組合，踝位平仄相同，腳位平仄相對，稱爲「踝黏腳對」，簡稱「黏－對」，這類組合在律詩中並無對應類型，是全新的類型，用文字表示則是：

n 仄平——n 平平

n 平平——n 仄平

n 平仄——n 仄仄

n 仄仄——n 平仄

最後另有四種組合，踝位腳位的平仄都相同，只是不押韻，即「踝黏腳黏」，實際上是格律完全重的類型，我們稱爲「黏－黏」，或簡稱爲「重律」，這類也是律詩所無的組合類型，用文字表示則有：

n 平平——n 平平

n 仄平——n 仄平

n 平仄——n 平仄

n 仄仄——n 仄仄

最後，我們可以把上述討論簡單概括爲，**律句格律組合理論上有**

四大類：「完全對」「踝對腳黏」「踝黏腳對」「重言」，每類均有四小類，其中 2 類平韻 2 類仄韻，2 類「平踝收」2 類「仄踝收」。

（2）實際句式組合格律策略。

本文以「詞用律句」「律句四類」「百體句系」「句式組合理想格律關係表」爲基礎，詳細討論了各類句式組合的格律關係。這些句式組合包括二句組合、三句組合、四句及四句以上組合。從討論結果看，這些關係異常複雜。

句式組合格律關係因組合類型、韻腳類型而異。兩句組合是一切組合的基礎，理論上有 16 種格式，平仄韻各 8 種，其格律關係主要考慮踝腳位關係，概括起來講，平韻詞中，押韻句多採用「平平」韻腳，此時，出句主要考慮完全對和黏對形式；仄韻詞中，押韻句約 2／3 採用「平仄」腳，此時，出句主要考慮黏對和對黏兩種方式；押韻句 1／3 採用「仄仄」腳的，出句則優先考慮完全對，避免重言。其句式組合突破了律詩規律，不僅包含律詩中的對仗和首聯組合，更增添了非律詩對組合，並且從比例上看，非律詩對組合達到了與律詩組合對分庭抗禮的地位。三句組合較兩句組合愈發複雜，平韻三句組合除忌「前後皆重」外，都用餘類，主「前重後對」；仄韻三句組合則都用四類，「後重」較多，最多「前對後重」。齊言平韻類忌「後重」，仄韻類忌「前重後對」；半雜言平韻類仍少用「後重」，仄韻類則主「後重」；全雜言平韻類之忌「後重」中的「前後皆重」，仄韻類則均用各類。四句及四句以上組合其規律明顯弱於三句組合。從句式看，多用「n 平平」「n 平仄」，偶而穿插另二類型；從組合角度看，齊言組合與雜言組合規律不相同——齊言用「前重末對」格式，而雜言較複雜，末二句句腳多相重。

（三）句系的格律構成規律

（1）中國詩詞雙律——交替律與疊式律

「交替律」：律詩的核心格律規律，即選擇交替使用不同格律類型的押韻句形成格律體系的規律，具體表現爲大家熟悉的由聯間的「黏」和聯內的「對」共同構成的「黏對規律」。黏對律是八種律詩均遵守的規律，對律詩至爲重要，習慣於被看成是律詩的根本詩體規律。

「疊式律」：詞體的核心格律規律，即傾向於選擇使用同一格律類型押韻句形成格律體系的規律，具體表現爲平韻詞主要選擇「n平平」型押韻句形成詞體，仄韻詞主要選擇「n平仄」型押韻句形成詞體，前者可簡稱爲「平平律」，後者可簡稱爲「平仄律」。疊式律是兩千多個詞體中絕大多數詞體主要遵循的規律，對於詞體具極端等重要性，疊式律應被看成是多數詞牌的根本規律。

交替律與疊式律是兩種性質剛好相反的格律發生模式，其同時並存形成了中國詩歌完整的格律發生體系。

（2）疊式律的發現

本文發現詞體的根本規律「疊式律」；分別驗證了「平平律」「平仄律」對平韻詞、仄韻詞的普遍性，結果表明，寬泛狀態下平韻詞83%遵循「平平律」，5%遵循「仄平律」，12%遵循「交替律」；仄韻詞61%遵循「平仄律」，4.5%遵循「仄仄律」，11%遵循「交替律」，4.5%遵循「特殊交替律」，23%無明顯規律；並將詩、詞對比，表明中國古典詩歌的宏觀格律控制規律主要即「疊式律」和「交替律」兩種樣式——「交替律」即律詩中「黏對規律」，控制著律詩宏觀格律構成，「疊式律」主要呈現爲平韻詞的「平平律」和仄韻詞的「平仄律」，控制著詞體宏觀格律構成。至此，「古典詩歌雙律」體系得以建立。

「疊式律」對整部詞史和詩歌史均具有極端重要的意義，「疊式律」的發現將對整部詞學和詩學產生深遠的根本性的影響。

（四）句系的押韻規律

（1）用韻理論

押韻是運用「複沓原理」在詩歌中建立良好聲律的基本手段。爲方便見，我們稱一首詩的全部韻構成一個「韻系」。

根據一個「韻系」所用韻類的精粗，可以將用韻分爲**「寬韻」**和**「嚴韻」**。寬韻和嚴韻對舉，沒有絕對區別，必須放在同一時代語言背景中考察才有意義。如，若我們將押韻理解爲韻母聲調均相協，則四聲分押是嚴韻，宋詞的平仄通押、曲的四聲通押和當代詩歌的四聲通押就是寬韻。某些特殊的叶韻情況如「借韻」「貧韻」都屬於寬韻。

根據韻在句中位置的不同，可以將押韻分爲**「頭韻」「腰韻」「尾韻」「頭尾連環韻」「頭腰連環韻」「腰尾連環韻」**等。這些韻式在民歌中都有生動體現，可參看今人「韻律三書」。「尾韻」是古典詩歌的主要韻式。

根據「韻系」用韻數目，我們將一個「韻系」的叶韻分爲**一韻到底、兩韻互轉、三韻互轉**等。

根據韻系的形狀特點，我們將叶韻分爲**「轉韻」「抱韻」「交韻」「插韻」**等。並特別針對詞的狀況規定：

①所謂「轉韻」，就是指「aa…bb…cc…dd…」類型的叶韻，可以形象稱它爲「**臺階韻**」。王力稱「隨韻」，但「隨韻」名目費解，故棄用，復用容易理解的「轉韻」爲之命名。最簡單的「轉韻」是「aabb」型。

②所謂「抱韻」，就是指「aa…bb…aa」類型的叶韻，可以形象稱它爲「**回頭韻**」。最簡單的「抱韻」是「abba」型。

③所謂「交韻」，就是指「aa…bb…aa…bb…」類型的叶韻，可以形象稱它爲「**拉鋸韻**」。最簡單的「交韻」爲「abab」型。

④所謂「插韻」，就是指「aaaa…bb…aaaaa…」類型的叶韻，可以形象稱它爲「**點睛韻**」。「插入韻」常常發生在詞的上片或下片當中。某些「插韻」與「抱韻」有相似處，不同在於，當「韻系」中某種韻的個數少到非常小的比例，以至於看上去像是插入似的，我們就稱它爲「插韻」。

（2）中國詩歌用韻規律

唐以前詩歌一般用韻簡單，以一韻到底或幾句轉韻爲主。詞的用韻則較複雜，尤其是早期詞，靈活運用「轉韻」「交韻」「抱韻」，體現了中國詩人在用韻方面取得的最高成就。

本文證明平仄雜韻詞的各種韻式規律符合王力的大致描述，並揭示以溫詞爲代表的早期詞體在選用韻式方面具有極度自由的特點，達到了古典詩歌用韻的巔峰；後期慢詞長調的用韻韻式又復歸於簡單。溫庭筠所用詞體極善於在小令中運用靈活多變的叶韻方式組織韻段，完全打破了律詩一韻到底古風轉韻等簡單叶韻體制，創造了靈活多變的叶韻模式，從運用韻類的數目看，溫詞既有常見一韻到底的叶韻模式，又有雙韻互轉、三韻互轉、四韻互轉等叶韻模式，從平仄轉韻詞的情況看，溫詞囊括了「轉韻」「抱韻」「交韻」「插韻」等叶韻模式，其中轉韻最爲常見，抱韻次之，其情況與本文對常用百體的考察結果基本一致。早期詞叶韻本身透漏出一種自由創造的氣質——那些作爲詩而不是作爲歌的因素潛在地支配著詞的叶韻，使詩歌恢復了形式本身的創造性，幾乎每一首歌詞都是一個詩體的天才創造，抱韻、交韻、插韻、各種形式的轉韻，這些形式即使不是絕無僅有的，在總體規模和創造深度上也絕對是空前的，它們體現了詞體創造時的自由抉擇——其本質是由詞律內在驅動而不是由音樂內在驅動的那種特質。

要言之：中國古典詩歌的基礎形式經歷了從詩經到宋詞的漫長演變，最終在律詩、宋詞中達到定型，形成了一個由節奏與格律雙重控制的由律詩和諸多詞牌共同構建的精美絕倫的文化符號大廈：「**雙音節奏觀**」控制下的句式受「**疊配**」「**節配**」等規則支配形成這一大廈的節奏子系統，「**竹竿律**」控制下的律句受「**古典詩歌雙律**」支配形成這一大廈的格律子系統，兩大子系統漸進演化，交相輝映，最後完美交織形成了中國古典詩歌形式的宏偉體系。元明以後這一宏偉體系在戲曲中還有展開，然而不得不說，其形式創造力已顯著下降。隨著**輕聲現象**對「雙音節奏觀」的侵蝕，隨著語音條件的實際改變，這一建構在「雙音節奏觀」基礎上的文化體系逐漸失去了對語言變化的靈敏反應，其緩慢而艱難的自我調整最終沒能趕上語音變化的步伐，而在白話文運動轟轟烈烈的衝擊中黯然退出了歷史舞臺。

附一：本文主要研究結論

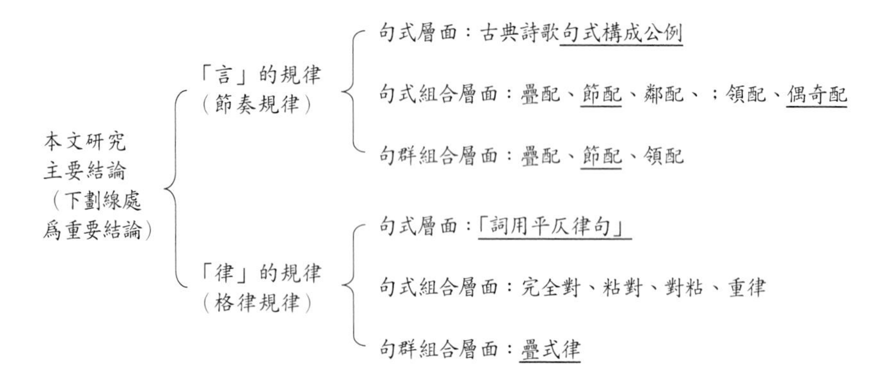

附二：中國詩歌形式發生模式

（一）中國詩歌節奏發生模式：

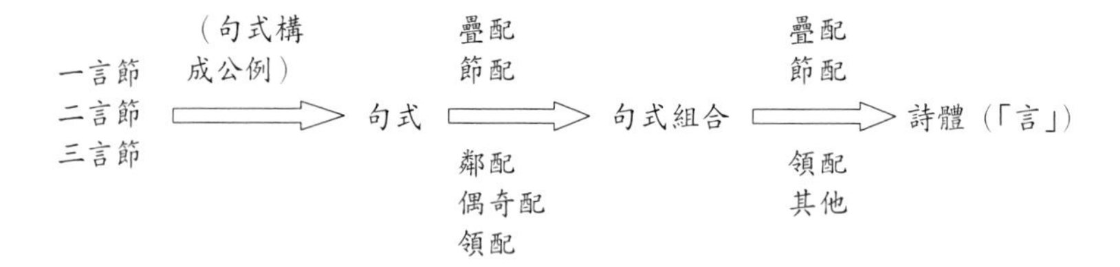

（二）中國詩歌格律發生模式：

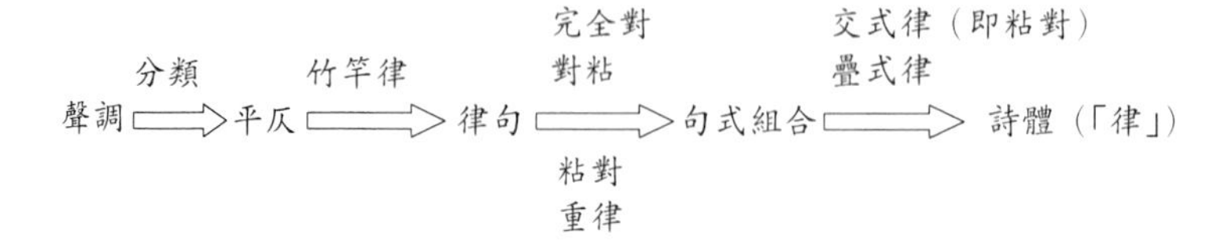

主要參考文獻

作品類、詞譜類、詞話類、專著類、論文類

作品類（別集從略）

1. 王兆鵬編：《全唐五代詞》，北京：中華書局，1999。
2. 唐圭璋編：《全宋詞》，北京：中華書局，1995。
3. 唐圭璋編：《全金元詞》，北京：中華書局，1979。
4. 任半塘編：《敦煌歌詞總編》，上海：上海古籍出版社，2007 新版。
5. 任半塘、王昆吾編：《隋唐五代燕樂雜言歌辭集》，成都：巴蜀書社，1990。
6. 〔清〕逯欽立編：《先秦兩漢魏晉南北朝詩》，北京：中華書局，1983。
7. 〔清〕彭定求編：《全唐詩》（增訂本），北京：中華書局，1999。
8. 陳尚君輯：《全唐詩補編》，北京：中華書局，1992。
9. 〔宋〕郭茂倩編：《樂府詩集》，北京：中華書局，1980。

詞譜類

1. 〔明〕張綖：《詩餘圖譜》，《四庫全書存目叢書》影印《詞苑英華》本。
2. 〔明〕程明善：《詩餘譜》，《四庫全書存目叢書》影印本。
3. 〔清〕萬樹：《詞律》，上海古籍出版社 1993 年《四部精要（22）》本。
4. 〔清〕杜文瀾：《詞律校勘記》，《曼佗羅華閣叢書》本？
5. 〔清〕徐本立：《詞律拾遺》，上海古籍出版社 1993 年四部精要（22）本。

6. 〔清〕王奕清：《欽定詞譜》，北京：中國書店 1983 年影印版。
7. 〔清〕舒夢蘭輯，謝朝徵箋：《白香詞譜箋》，北京：中華書局，1982。
8. 〔清〕秦巘著，鄧魁英、劉永泰整理：《詞繫》，北京：北京師範大學出版社，1996。
9. 王力：《漢語詩律學》，上海：上海教育出版社，1962 新版。
10. 王力：《詩詞格律概要》，北京：北京出版社，2002。
11. 龍榆生：《唐宋詞格律》，上海：上海古籍出版社，1978。
12. 戈載：《詞林正韻》，上海：上海古籍古籍出版社，1981。

詞話類

1. 唐圭璋編：《詞話叢編》，北京：中華書局，1986。
2. 〔清〕徐釚編著 王百里校箋：《詞苑叢談校箋》，北京：人民文學出版社，1998。
3. 〔清〕張宗橚輯：《詞林紀事》，北京：中華書局，1959。
4. 張璋、職承讓、張驊、張博寧編：《歷代詞話》，大象出版社，2002。
5. 〔清〕何文煥輯：《歷代詩話》，北京：中華書局，1981。
6. 丁福保輯：《歷代詩話續編》，北京：中華書局，1983。

專著類

1. 張毅：《宋代文學研究》，北京：北京出版社，2001。
2. 劉揚忠：《宋詞研究之路》，天津：天津教育出版社，1989。
3. 王兆鵬：《詞學史料學》，北京：中華書局，2004。
4. 林玫儀主編：《詞學研究總目（1901～1992）》，臺北：中央研究員中國文哲研究所籌備處。
5. 吳梅：《吳梅全集．理論卷上．詞學通論》，河北：河北教育出版社，2002。
6. 吳梅：《吳梅全集．理論卷．散論．詞與曲之區別》，河北：河北教育出版社，2002。
7. 王力：《漢語詩律學》，上海：上海教育出版社，1962 年新版。
8. 王力：《詩詞格律》，北京：中華書局，2000。
9. 龍榆生：《詞曲概論》，北京：北京出版社，2004。
10. 龍榆生：《龍榆生詞學論文集》，上海：上海古籍出版社，1997。
11. 唐圭璋編：《詞學論叢》，上海：上海古籍，1986。

12. 唐圭璋：《宋詞四考》，南京：江蘇文藝出版社，1959。
13. 夏承燾：《夏承燾集（第二冊）‧唐宋詞論叢、月輪山詞論集》，浙江：浙江古籍出版社、浙江教育出版社。
14. 夏承燾、吳熊和：《讀詞常識》，北京：中華書局，2000 新版。
15. 劉永濟：《劉永濟集‧宋詞聲律探源大綱 詞論》，北京：中華書局，2007。
16. 洛地：《詞體構成》，北京：中華書局，2009。
17. 〔日〕青山宏著，程郁綴譯：《唐宋詞研究》，北京：北京大學出版社，1995。
18. 吳熊和：《唐宋詞通論》，杭州：浙江古籍出版社，2001。
19. 吳熊和：《吳熊和詞學論集》，杭州：杭州大學出版社，1999。
20. 吳丈蜀：《詞學概說》，北京：中華書局，2000 新版。
21. 宛敏灝：《詞學概論》，北京：中華書局，2009。
22. 詹安泰著，湯擎民整理：《詹安泰詞學論稿》，廣州：廣東人民出版社 1984。
23. 孫正剛：《詞學新探》，天津：天津人民出版社，1980。
24. 〔日〕遍照金剛撰，盧盛江校考：《文鏡秘府論彙校彙考》，北京：中華書局，2006。
25. 〔宋〕陳應行：《吟窗雜錄》，北京：中華書局，1997 年影印。
26. 〔清〕趙執信：《聲調譜》，《四庫全書》本。
27. 〔清〕董文煥：《聲調四譜圖說》，上海醫學書局民國 16 年影印本。
28. 啓功：《漢語現象論叢‧詩文聲律論稿》，北京：中華書局，1997。
29. 趙仁珪：《論宋六家詞》，北京：北京師範大學出版社，1999。
30. 吳潔敏、朱宏達：《漢語節律學》，北京：語文出版社，2001。
31. 馮勝利：《漢語的韻律、詞法與句法》，北京：北京大學出版社，1997。
32. 任半塘：《唐聲詩》，上海：上海古籍出版社，1982。
33. 王昆吾：《隋唐五代燕樂雜言歌辭集研究》，北京：中華書局，1996。
34. 楊曉靄：《宋代聲詩研究》，北京：中華書局，2008。
35. 邱瓊蓀：《燕樂探微》，上海：上海古籍出版社，1989。
36. 吳相洲：《永明體與音樂關係研究》，北京：北京大學出版社，2006。
37. 杜曉勤：《齊梁詩歌向盛唐詩歌的嬗變》，北京：北京大學出版社，2009。
38. 施議對：《詞與音樂關係研究》，北京：中華書局，2008。

39. 任中傑、王延齡編校：《燕樂三書》（淩廷堪著《燕樂考原》、林謙三著《隋唐燕樂調研究》、邱瓊蓀著《燕樂探微》），哈爾濱：黑龍江人民出版社，1986。
40. 洛地：《詞樂曲唱》，北京：人民音樂出版社，2001。
41. 陳明源：《常用詞牌詳介》，北京：人民日報出版社，1987。
42. 潘愼主編：《詞律辭典》，太原：山西人民出版社，1991 年。
43. 馬興榮、吳熊和、曹濟平主編：《中國詞學大辭典》，杭州：浙江教育出版社，1986。
44. 王瑛：《中國古典詩詞特殊句法舉隅》，北京：新華出版社 1999。
45. 王德明：《中國古代詩歌句法理論的發展》，桂林：廣西師大出版社，2000。
46. 易聞曉：《中國詩句法論》，齊魯書社，2006。
47. 〔日〕古田敬一著 李淼譯：《中國文學的對句藝術》，吉林文史出版社，1989。
48. 〔日〕松浦友久著，孫昌武、鄭天剛譯：《中國詩歌原理》，臺北：洪葉文化事業公司，1993。
49. 范文瀾：《文心雕龍注》，北京：人民文學出版社，1958。
50. 曹旭：《詩品集注》，上海：上海古籍出版社，1994。
51. 穆克宏點校：《玉臺新詠箋注》，北京：中華書局，1985。
52. 蕭統編，李善注：《文選注》，上海古籍出版社，1986。
53. 劉麟生：《中國駢文史》，東方出版社，1996 年。

論文類

1. 華東師範大學中文系古典文學研究室編：《詞學研究論文集（1911～1949）》，上海：上海古籍出版社，1988。
2. 華東師範大學中文系古典文學研究室編：《詞學研究論文集（1949～1979）》，上海：上海古籍出版社，1982。
3. 易聞曉：《中國詩的韻律節奏與句式特徵》，《中國韻文學刊》2007 年第 4 期。
4. 陳本益：《漢語詩歌句式的構成和演變的規律》，《南昌大學學報（人社版）》2003 年第 2 期。
5. 李祥文：《中國古代詩歌的句式選擇》，《四川師範學院學報（哲社版）》1999 年第 4 期。
6. 趙敏俐：《論中國詩歌發展道路從上古到中古的歷史變更——兼談漢

詩創作新趨向和詩賦分途問題》,《遼寧大學學報》1990 年第 3 期。

7. 趙敏俐:《歌詩與誦詩:漢代詩歌的文體流變及功能分化》,《首都師範大學學報(社科版)》2007 年第 6 期。
8. 蔡宗齊著,李冠蘭譯:《節奏·句式·詩境——古典詩歌傳統的新解讀》,《中山大學學報(社科版)》2009 年第 2 期。
9. 黃鳳顯:《屈辭「三字結構」與古代詩歌句式》,《廣西民族學院學報(哲社版)》2003 年第 3 期。
10. 張應斌:《論三言詩》,《武陵學刊》1998 年第 1 期。
11. 葛曉音:《論漢魏三言詩的發展及其與七言的關係》,《上海大學學報》2006 年第 3 期。
12. 周遠斌:《論三言詩》,《文學評論》2007 年第 4 期。
13. 周仕慧:《論樂府詩中的三言節奏與詞》,紀念辛棄疾逝世 800 週年學術研討會論文匯編,2007 年。
14. 白朝暉:《三言句式在詞中的出現及其詞體意義》,《文學遺產》2010 年第 5 期。
15. 孫建軍:《漢語四言句式略論》,《西南民族學院學報(哲社版)》1996 年第 2 期。
16. 趙敏俐:《四言詩與五言詩的句法結構和語言功能研究》,《中州學刊》1996 年第三期。
17. 吳大順:《論漢魏五言古詩的生成與流傳》,《鄭州大學學報》2005 年第 3 期。
18. 錢志熙:《論魏晉南北朝樂府體五言的文體演變——兼論其與徒詩五言體之間文體上的分合關係》,《中山大學學報(社科版)》2009 年第 3 期。
19. 王今暉:《從幾種詩體之比較看五言體崛起的必然性——以先秦至兩漢時期漢語詞彙的發展爲中心》,《山東師範大學學報(人文社科版)》2003 年第 3 期。
20. 吳小平:《中古五言詩研究》,南京:江蘇古籍出版社,1998 年。
21. 曾肖:《南朝五言八句詩的組詩形態與題材類型》,《廣西社會科學》2005 年第 3 期。
22. 李莇華:《試論五言古詩對仗的律化》,《嘉應學院學報(哲社版)》2005 年第 1 期。
23. 李莇華:《五言平仄頓式對式和黏式的律定》,《韶關學院學報(社會科學)》2007 年第 8 期。

24. 巫稱喜:《試論五言近體詩組合與選擇原則》,《江西教育學院學報(社會科學)》2001 年第 1 期。

25. 王乃元、孟憲章:《五言今體詩平仄句式初探》,《徐州師範大學學報(哲社版)》2007 年第 6 期。

26. 金波:《唐宋六言詩研究》,北師大 2004 級古代文學專業博士學位論文。

27. 李立信:《七言詩之起源與發展》,臺北新文豐出版有限公司,2001 年。

28. 趙敏俐:《七言詩並非源於楚辭體之辨説——從《相和歌·今有人》與《九歌·山鬼》的比較説起》,《深圳大學學報(人文社科版)》2008 年第 3 期。

29. 葛曉音:《早期七言的體式特徵和生成原理——兼論漢魏七言詩發展滯後的原因》,《中國社會科學》2007 年第 3 期。

30. 葛曉音:《中古七言體式的轉型——兼論「雜古」歸入「七古」類的原因》,《北京大學學報(哲社版)》2008 年第 2 期。

31. 戴建業:《論元嘉七言古詩詩體的成熟——兼論七古藝術形式的演進》,《文藝研究》2008 年第 8 期。

32. 葛曉音:《先唐雜言詩的節奏特徵和發展趨向——兼論六言和雜言的關係》,《文學遺產》2008 年第 3 期。